诸葛亮集

章培恒 安平秋 马樟根 主编

袁钟仁 导读

董治安 审阅

中华文史名著精选精译精注

全民阅读版

凤凰出版社

图书在版编目（ＣＩＰ）数据

诸葛亮集 / 袁钟仁导读. -- 南京 ： 凤凰出版社，
2020.8（2023.8重印）
　　（中华文史名著精选精译精注 ： 全民阅读版 / 章培
恒，安平秋，马樟根主编）
　　ISBN 978-7-5506-3172-4

　　Ⅰ．①诸… Ⅱ．①袁… Ⅲ．①《诸葛亮集》 Ⅳ.
①I213.622

中国版本图书馆CIP数据核字(2020)第063018号

书　　　名	诸葛亮集	
导　　　读	袁钟仁	
责 任 编 辑	汪允普	
书 籍 设 计	徐　慧	
责 任 监 制	程明娇	
出 版 发 行	凤凰出版社(原江苏古籍出版社)	
	发行部电话025-83223462	
出版社地址	江苏省南京市中央路165号,邮编:210009	
照　　　排	江苏凤凰制版有限公司	
印　　　刷	苏州市越洋印刷有限公司	
	江苏省苏州市吴中区南官渡路20号　邮编:215104	
开　　　本	880毫米×1230毫米　1/32	
印　　　张	7.125	
字　　　数	147千字	
版　　　次	2020年8月第1版	
印　　　次	2023年8月第2次印刷	
标 准 书 号	ISBN 978-7-5506-3172-4	
定　　　价	46.00元	
	(本书凡印装错误可向承印厂调换,电话:0512-68180638)	

丛书编委会

顾问

周林　邓广铭　白寿彝

主编

章培恒　安平秋　马樟根

编委

马樟根　平慧善　安平秋　刘烈茂

许嘉璐　李国祥　金开诚　周勋初

宗福邦　段文桂　董治安　倪其心

黄永年　章培恒　曾枣庄

（以上为常务编委）

王达津　吕绍纲　刘仁清　刘乾先

李运益　杨金鼎　曹亦冰　常绍温

裴汝诚

（以上为编委）

目录

导读

　　在多如繁星的我国历史人物中,有一颗永远闪烁着灿烂光芒的巨星,这就是诸葛亮。众所周知,不论在我国或外国,有好些历史人物随着时代的变迁,有时备受尊崇,有时又痛遭鞭挞,秦始皇和拿破仑一世就是明显的例证。甚至有的人在世掌权时,便已经毁誉不一。历史的评价是如此变幻难测,真是千秋功罪,凭谁评说!但诸葛亮却截然不同,一千七百多年来,无论是史籍的记载,章回小说的描述,戏剧的表演,诗歌的咏叹,以及民间的口语相传,他都一贯受到赞颂。在广大群众的心目中,他已经成了智慧的化身、正义的代表、忠于职守的模范。虽然,这其间也许有浮夸的成分,但是,诸葛亮作为一个杰出的历史人物是无可置疑的。因而我们今天去阅读诸葛亮的作品,从中切实了解他的思想、品德和业绩,获取教益,应该说是很有意义的。

一

　　杰出的政治家诸葛亮,字孔明,东汉灵帝光和四年

(181)七月二十三日诞生于徐州琅玡郡阳都(今山东省沂南县)。相传这个家族原来姓葛,乃是秦朝末年跟随陈涉起义的将军葛婴的后代。葛婴在战斗中立下大功,后因过失被陈涉处死。据东汉应劭《风俗通》说,汉文帝追录葛婴的功劳,封他的孙子为诸县侯。但是,司马迁《史记》和班固《汉书》都没有这个记载,因而后人认为此事未必可靠。不管封侯与否,反正葛婴的后代从老家符离(在今安徽省宿州市境)迁居诸城(在今山东省),又从诸城再迁阳都。由于阳都已有姓葛的家族,为了有所区别,这从诸城迁来的葛家,便被当地人称为诸葛氏。诸葛氏在西汉元帝时,出了一位被誉为"特立刚直"的诸葛丰,他担任司隶校尉,弹劾权贵,无所避忌。其后传至东汉灵帝时,诸葛珪担任泰山(郡治在今山东省泰安市)郡丞,他有三儿两女,长子诸葛瑾、次子诸葛亮、幼子诸葛均。诸葛亮还在童稚时,生母章氏病亡,父亲再娶。可没有多久,灵帝中平五年(188),诸葛珪也去世了。这时诸葛亮只有七岁,全家都靠叔父诸葛玄照顾。就在这年冬天,青州、徐州(今山东、江苏一带)爆发了轰轰烈烈的黄巾军起义。徐州刺史陶谦虽然把徐州黄巾军镇压下去,但青州黄巾军却有了更大的发展。兖州(州治在今山东省金乡县)牧曹操平定了青州黄巾军之后,一场惨无人道的空前大屠杀竟然发生:原来曹操之父曹嵩为躲避战火,从故乡谯(qiáo)县(今安徽省亳州市)迁居徐州琅玡郡(郡治在今山东省临沂市)。汉献帝初平四年(193)六月,曹操派人迎接父亲,这位曾任太尉的曹嵩,多年来搜刮了大量民脂民膏,那行装满载一百多辆大车,途经泰山郡的华县、费县之间(均在今山东省费县境内),不意财物全部被劫,而且曹嵩全家被害。于是曹操便在这年秋季出兵,屠杀徐州百姓达数万(一说数十万)之多,而且鸡犬不留,据说尸体把泗水也堵塞得无法畅流。第二年夏天,曹操又来攻打徐州,所到之处均成废墟。诸葛玄在家乡实在无法安居,终于在汉献帝兴平二年(195)接受袁术邀请,出任豫章(郡治在今江西省南昌市)太守,他带了年纪较小的诸葛亮、诸葛均及其两位姐姐前去上任。年长的诸葛瑾和继母则留在家乡,五年后也避难江东,受到孙权的礼遇。

诸葛玄上任不久,朝廷另派朱皓为豫章郡太守,朱皓向扬州刺史刘繇(yáo)借兵攻打诸葛玄,诸葛玄只好携带家小投靠荆州牧(州治在今湖北省襄阳市)刘表,来到襄阳定居。两年后,即汉献帝建安二年(197)病故。在此之前,诸葛亮的大姐嫁给中庐县(今襄阳市襄州区西南)的望族蒯祺,二姐嫁给襄阳名士庞德公之子庞山民。由于庞德公关照,原拟返回故里的诸葛亮,便在襄阳西郊隆中过着半耕半读的隐士生活。

襄阳地当南北水陆要津。那时中原鼎沸,它还比较安定,刘表又欢喜招纳名流,有"八顾"(能以德行引人)之一的美誉,因而四方人士,云集影附。在这里,诸葛亮结识了一批才智卓越的人物,如庞德公之侄庞统,颍川(郡治在今河南省禹州市)的司马徽、徐庶、石广元,汝南(郡治在今河南省平舆县)的孟公威,博陵(郡治在今河北省蠡县)的崔州平,沔(miǎn)阳(今陕西省勉县)的黄承彦等。黄承彦很器重诸葛亮,以女相嫁。诸葛亮出身宦门,自幼颠沛,家国忧患岂能忘怀!当时政治腐败,社会黑暗,官僚专横,军阀残暴,使广大人民陷于水深火热之中,处处怵目惊心的惨象,促使他"气愤风云,志安社稷"。他和友人纵论天下大事,研究经邦济世之道,学问见识日渐精进。

建安六年(201),曾经依附袁绍的刘备,受到曹操威胁,这时也来投靠刘表。刘表虽以礼相待,却暗加提防,让刘备驻屯新野(在今河南省)。这位胸怀大志的汉室宗亲,四处奔波,半生坎坷,不甘寄人篱下,因而迫切希望能有谋士协助,建功立业。建安十二年(207),由于司马徽、徐庶的推荐,刘备亲往隆中三顾草庐,向诸葛亮虚怀求教。

诸葛亮分析当时形势,认为曹操消灭袁绍后势力强大,目前难与较量;孙权占有江东,根基稳固,应该与之结盟;荆州是用武之地,益州(州治在今四川省成都市)是天府之国,都缺乏英明的领导者。他指出刘备的有利条件是:作为"帝室之胄",可利用正统观念号召民众;"信义著于四海",政治影响好;"思贤如渴",能广泛招揽人才。如果占领荆、益作为基地,在外交、内政上采取正确方针,等待时机,分兵两路:从荆州直捣中原,从益州进据关中,便可恢复汉室,建立不朽的功业。这番宏论,就是我国历史上著名的"隆中对"(或称"草庐对"),是为刘备制订统一天下所能采取的最佳方案,从而使处于窘境的刘备大为振奋。刘备对眼前这位罕有的奇才深表敬佩,于是恳请诸葛亮辅助自己。二十六岁的诸葛亮慨然应允,为了报答世间难得的知遇之恩,"受任于败军之际,奉命于危难之间",从此开始其政治生涯,成为历史舞台上"功盖三分国,名成八阵图"的重要角色。

就在第二年七月,曹操统一华北地区后,借天子之名号,乘战胜之余威,挥师南下,企图一举消灭刘表、刘备、孙权。八月,刘表病故,次子刘琮不战而降。刘备带领部下从樊城仓皇逃往江陵(在今湖北省)。江陵是军事要地,贮存有大量作战物资,曹操怕它落到刘备手中,亲率精骑五千追击,一天一夜长驱三百多里,在长坂(今湖北省当阳市东北)击溃刘备,捷足先登,占有江陵。刘备和诸葛亮、张飞、赵云等沿着汉水撤退,后来遇上关羽的水军,又会合了刘表长子江夏(郡治在今湖北省武汉市汉口区)太守刘琦的军队,来到夏口(今汉口区)。在这紧急关头,诸葛亮要求亲去联系孙权,共同抵抗曹操。当时,曹操兵多将勇,加上新近并吞了刘表的水军,于是虚张声势,诡称统领"八十万众",要孙权归顺。孙权正在举棋不定之际,诸葛亮到来,这对局势的发展无疑有很大影响。

诸葛亮指出曹军远来疲敝,而且不习水战;荆州士民依附曹操是迫于其威势,并非心服。孙、刘合作一定能击破曹军。他对敌我情况作了全面、深刻的分析,有力地坚定了孙权御侮图强的战斗意志,消除了江东某些人士的畏敌妥协情绪,因而孙权当即派遣周瑜、程普、鲁肃等率领水军三万,协同刘备共击曹军。十月,曹操率领大军二十万、战舰千余艘,浩浩荡荡地顺江东下,与孙权、刘备的五万联军,在赤壁(今湖北省赤壁市赤壁山)、乌林(今湖北省洪湖市乌林矶)等地一再交锋,孙、刘联军大败曹军,创造了我国军事史上以少胜多、以弱胜强的辉煌记录。这是诸葛亮外交路线和军事路线的显著成就,并为其后魏、蜀汉、吴三国分立奠定了基础,使我国历史进入了一个新的时期。

建安十四年(209),刘备占领荆州所属的武陵、长沙、桂阳、零陵四郡(均在今湖南省),任命诸葛亮为军师中郎将。两年后,刘备进军益州,诸葛亮和关羽等镇守荆州。建安十九年(214),因作战需要,诸葛亮、张飞、赵云等溯长江而上,和刘备合围成都,益州牧刘璋投降。刘备以左将军领益州牧,任命诸葛亮为军师将军、署左将军府事。每当刘备出外作战,便由诸葛亮坐镇成都,做到足食足兵,使刘备无后顾之忧。建安二十四年(219)春,刘备击杀曹操部将夏侯渊,占领汉中地区(今陕西省南部)。关羽也进攻曹操部将曹仁,擒降于禁,捕戮庞德,围攻樊城,声震中原,曹操甚至考虑迁都以避威胁。就在这时,孙权与曹操勾结,乘虚攻占荆州,袭杀关羽,孙、刘联盟破裂。

建安二十五年(220)正月,曹操病故。十月,其子曹丕篡汉,建立魏国。次年四月,刘备在成都称帝,继承汉统,年号"章武",因建都于蜀,史称"蜀汉"。诸葛亮担任丞相。为了替关羽报仇,七月,刘备亲率大军进攻孙权,诸葛亮留守成都。章武二年(222)闰六月,刘备在夷陵(今湖北省宜昌市境)惨败,次年四月病故。临终前召见诸葛亮说:"君才十倍曹丕,必能安国,终定大事。若嗣子可辅,辅之;如其不才,君可自取。"又给儿子刘禅诏书:"汝与丞相从事,事之如父。"刘禅继位,史称"后主",年号"建兴"。诸葛亮被封为武乡侯,开府治事。不久,又领益州牧,事无大小都由其决定。他北拒曹魏,东和孙吴,南平蛮夷,内修政理。虽权倾朝野,但忠勤为国,公正无私,所以"主不疑逼,下不忌倾,吏革奸顽,民安劳苦"。即使其宿敌司马懿,也称赞他为"天下奇才"。建兴十二年(234)八月,诸葛亮在军中积劳病故,遗命葬于汉中定军山(今陕西省勉县东南),被谥为忠武侯,时仅五十三岁。英年早逝,壮志未酬,因而唐朝杜甫有"出师未捷身先死,长使英雄泪满襟"的浩叹。近人范文澜认为诸葛亮治理蜀汉,"凡是封建统治阶级可能做到的较好措施,他几乎都做","他在这一面的努力，确是达到无以复加的高度"。

二

蜀汉后主刘禅在位时，诸葛亮总揽军、政事务，勋劳卓著，现概述如下：

（一）外交方面

诸葛亮要集中力量对付主要敌人曹魏，认为必须和孙吴结盟。因此在建兴元年（223）十一月派中郎将邓芝出使吴国。次年，孙权派辅义中郎将张温入蜀答礼。其后两国使者频繁来往，并在对魏作战时一再互相出兵配合。

（二）内政方面

诸葛亮实行以法治国。入蜀之初，他和法正、刘巴、李严、伊籍等共同制订"蜀科"（法律），作为论狱决刑的依据。他执法严明，不徇私情。被他惩办的人，有的是皇亲国戚，如刘备养子、副军将军刘封；有的是身边亲信，如参军马谡、丞相府长史向朗；有的是大臣要员，如都乡侯骠骑将军李严、长水校尉廖立；有的是高门显族，如治中从事彭羕、辅军将军来敏，均按罪情轻重，分别处以死刑、削爵罢官远徙、罢官、令其自新后起用，做到量刑有准，执法有据。他有时处事不当，随后也引咎自责，这就令人心服。因而蜀汉官员一般都能按章办事，奉公守法。尽管他偶因政治需要，在执法中也有过宽或过严的失误，可这并非主流。

诸葛亮任人唯贤，不限资历门第，量才录用。例如张嶷（yí）"出自孤微，而少有通壮之节"，被任为越嶲（xī，郡治在今四川省西昌市境东南）太守；王平"所识不过十字"，能沉着应战，被任为讨寇将军，封亭侯；杨洪原是犍为（郡治在今四川眉山彭山东）功曹，"忧公如家"，被任为蜀郡（郡治在今四川省成都市）太守。至于董和、黄权、李严等均为刘璋部属，吴懿、费观等原是刘璋姻亲，李恢、张冀、马忠、张裔等并非故旧，刘巴初时不愿归附刘备，姜维从曹魏投奔而来，他都委以显任。他的主要助手蒋琬、费祎、董允都具有开明的政治品质和朴实的工作作风。他鼓励属下推荐人才，广汉（郡治在今四川省广汉市）太守姚伷就因推荐文武人才受到赞许。所以当时"西土咸服诸葛亮能尽时人之器用"。

诸葛亮为了励精图治，广泛听取不同意见，择善而从，并要求别人批评他的缺点。他先后发表了《与群下教》《又与群下教》《与参军掾属教》《劝将士勤攻己阙教》，态度真诚恳切。他严格要求自己，一切以身作则，遇事亲力亲为，平素清廉自守，以"忠勤"和部属相勖勉。经常批阅公文而"汗流竟日"，连罚二十杖以上的案件都要过问。讲究实际，注重实效，反对浮华虚伪的腐败作风，因而蜀汉吏治比较清明，这从农民起义的次数就可看出：刘备取得益州至刘禅降魏，其间四十八年（215—263），魏国发生十二次，吴国发生二十三次，而蜀汉只发生两次。

（三）经济方面

诸葛亮当政时，蜀汉出现了"田畴辟，仓廪实，器械利，蓄积饶"的繁荣景象。在农田水利上，设置"堰官"，专派一千二百人维修都江堰，以便利灌溉；把成都附近荒地交给人民耕种；招募五千人到汉中屯田；并在渭水南岸实行军屯，因而农业有所发展。在手工业上，设置"锦官"，鼓励养蚕织锦，蜀锦远销魏、吴，成为重要财源；设置司金中郎将，提高冶炼技术，专管武器、农具和手工业工具的制造；他亲自改进"连弩"（一次能连发十支箭的弓），创造"木牛"（人力独轮车）、"流马"（人力四轮车），以便利运输；设置司盐校尉，发展盐业生产。在商业上，实行盐、铁官营，"利入甚多"；铸造值百钱；物价平稳，货用充足，境内贸易也较发达。此外，积极开发西南少数民族地区（今贵州、云南和四川南部），"军资所出，国以富饶"。

（四）军事方面

刘备去世后，建兴元年（223），蜀汉南部的牂牁（郡治在今贵州省凯里市西北）太守朱褒、益州（郡治在今云南昆明晋宁东）大姓雍闿、越巂（xī）郡叟族首领高定同时叛乱。诸葛亮初时采用安抚政策，毫无效果。为解除后顾之忧，他在建兴三年（225）三月统领大军南征。由门下督马忠率东路军，从僰道（今四川省宜宾市境）直指牂牁郡，很快就消灭朱褒。由庲（lái）降都督李恢率中路军，从平夷（今贵州省毕节市)前往益州郡,在昆明与雍闿鏖战,取得大胜。诸葛亮亲率主力西路军,从安上(今四川省屏山县)前往越嶲,敌人在旄牛(今四川省汉源县)、定筰(今四川省盐源县)、卑水(今四川省昭觉县境,一说在会理县)等地设防,诸葛亮初战告捷,俘虏高定妻子,想以此迫降,高定纠集残部进行"死战"时被杀。雍闿则为高定部下加害,余众由孟获统领。五月,诸葛亮渡过泸水(金沙江),三路军队会师滇池,活捉孟获。在交通不便的情况下,只用四个月便平定了一场三年之久的叛乱,用兵可谓神速。至于七擒七纵孟获之事,陈寿《三国志》没有记载,仅见于晋朝习凿齿《汉晋春秋》及常璩《华阳国志》。清朝官修《通鉴辑览》认为这种记载是"直同儿戏"。

从建兴五年至十二年(227—234),诸葛亮六次对魏作战。第一次在建兴五年三月,他率领十万大军进驻汉中,出师前发布《为后帝伐魏诏》,并向后主刘禅呈上《出师表》。次年春,扬言从褒斜道(褒水、斜水河谷)直捣长安,其实只派镇东将军赵云、扬武将军邓芝为疑兵,进据箕谷(在今陕西省太白县),主力却北出祁山(今甘肃省西和县祁山堡),想夺取陇右,然后以高屋建瓴之势夺取长安。当时陇右的天水、南安、安定三郡(均在今甘肃省东部)叛魏附蜀,魏国朝野震动,魏明帝曹叡亲往长安,急令大将军曹真调动关右诸军屯守郿县(在今陕西汉中南郑南),以主力堵截赵云、邓芝;另派右将军张郃领兵五万驻防陇右。这时诸葛亮误用参军马谡为先锋,马谡善谈兵法,缺乏实战经验,临时举措失当,在街亭(今甘肃省庄浪县境)被张郃打败,以致全线动摇,只好退兵回蜀。诸葛亮自请贬官三级,以右将军代理丞相,积极休整,准备再举。

第二次在建兴六年(228)冬。这年五月,魏军进攻吴国,诸葛亮乘关中空虚之际,在十二月领兵数万围攻陈仓(今陕西省宝鸡市东),相持二十多天,魏国援军将至,诸葛亮粮尽退兵。魏将王双恃勇追击时被蜀兵所杀。

第三次在建兴七年(229)春,诸葛亮派部将陈式进攻武都(郡治在今甘肃成县)、阴平(郡治在今甘肃文县),亲统大军西上策应。魏将雍州刺史郭淮从陇西进击陈式,诸葛亮率军前往建威(今成县西),郭淮退走。从此蜀汉取得武都、阴平二郡,诸葛亮因功恢复丞相职务。

第四次在建兴八年(230),魏国大司马曹真、大将军司马懿、征西车骑将军张郃进攻蜀汉的汉中地区,因大雨三十多天,栈道断绝,诸葛亮镇守成固(在今陕西省城固县),魏军知难而退。诸葛亮随即派兵西入羌中,在阳溪(今甘肃省东部)重创魏国后将军费瑶、雍州刺史郭淮。

第五次在建兴九年(231)二月,诸葛亮出兵祁山,用"木牛"运输。魏国由司马懿统率诸军前来抵御,他带领张郃、郭淮等主力援救祁山,派费曜、戴陵防守上邽(guī,今甘肃省天水市)。诸葛亮避实击虚,直捣上邽,司马懿急令郭淮回救上邽。因费曜、郭淮等被击败,司马懿便在上邽之东凭险固守,诸葛亮求战不得,退军卤城(今甘肃省甘谷县东)。司马懿尾追不舍,并派张郃进攻祁山之南的蜀汉讨寇将军王平,王平坚守不战,张郃无法得逞。诸葛亮回师反击,大败司马懿。就在这时,李平(原名李严)运送军粮因雨误期,竟假传圣旨,令诸葛亮退兵。司马懿派张郃乘机追击,张郃被蜀兵所杀。

诸葛亮回到成都后得知实情,贬废李平。

第六次在建兴十二年(234)二月,诸葛亮率领十万大军,用"流马"运输,进驻武功五丈原(今陕西省岐山县境),在渭水之南和魏国司马懿对峙。诸葛亮鉴于每次北伐都因军粮不继而被迫退兵,这时实行分兵屯田,作长久之计,并约吴主孙权配合进军。孙权在同年五月分兵三路,夹攻曹魏,魏明帝亲来应战,孙权随即退兵。这时司马懿奉命坚壁拒守。八月,诸葛亮积劳病故,蜀汉只好退兵。

综观诸葛亮对魏作战,确属"鞠躬尽力,死而后已"。但未能摧毁强敌,统一中原,主要是前期关羽、刘备没有按照"隆中对"的战略行事,在荆州、夷陵之战中元气大伤;其后诸葛亮虽然六次出师,由于以弱攻强,敌逸己劳,频繁用兵,国困民疲,难以取胜,也就很自然了。

三

诸葛亮留下了一批作品,为后世所传诵。

晋武帝时,根据中书监荀勖、中书令和峤的奏请,著作郎陈寿于泰始十年(274)二月辑成《诸葛亮集》,内容分:开府作牧、权制、南征、北出、计算、训厉、综核(上、下)、杂言(上、下)、贵和、兵要、传运、与孙权书、与诸葛瑾书、与孟达书、废李平、法检(上、下)、科令(上、下)、军令(上、中、下),共二十四篇,十万四千一百十二字。

陈寿(233—297)是安汉(今四川省南充市)人,曾任蜀汉的观阁令史,撰《三国志》《古国史》《益部耆旧传》等书。由于职务之便,他所搜集的诸葛亮作品当属可靠,其编辑态度是:"虽敌国诽谤之言,咸肆其辞而无所革讳,所以明大通之道也。"看来保存了原作的真貌。他在《进诸葛亮集表》说:"论者或怪亮文彩不艳,而过于丁宁周至。臣愚以为……亮所与言,尽众人凡士,故其文指不得及远也。然其声教遗言,皆经事综物,公诚之心,形于文墨,足以知其人之意理,而有补于当世。"这个评价是公允恰当的。

因战乱影响,我国古籍屡遭浩劫,又因前人伪造古籍,以致有些古籍失真,陈寿所辑《诸葛亮集》亦难幸免。唐朝魏征等撰《隋书·经籍志》载"蜀丞相《诸葛亮集》二十五卷",已与陈寿辑本篇数不符,可能这时已有伪作掺入。后晋刘昫等撰《旧唐书·经籍志》和宋朝欧阳修等撰《新唐书·艺文志》,均载"《诸葛亮集》二十四卷",内容不得而知。元朝脱脱等撰《宋史·艺文志》载"《诸葛亮集》十四卷",这显然比陈寿辑本少了很多。到了明朝,王士骐辑《武侯全书》十六卷,杨时伟讥其"芜累",而他所辑《诸葛忠武书》十卷,同样疏于抉择。张溥编《汉魏六朝百三家集》,其中《诸葛亮集》虽然只有一卷,亦不精审。清朝朱璘辑《诸葛丞相集》四卷,《四库全书总目提要》指出其中所录《黄陵庙记》为南宋后赝(yàn)本,《心书》《武侯十六策》乃"显然伪托",《八阵图》《分野》(即《二十八宿分野》)等"猥杂尤甚",并尖锐批评朱璘把自己及儿子的诗文附在末卷,显然存在问题较多。其后,清朝张澍辑《诸葛忠武侯文集》十一卷,内分文集四卷、附录二卷、故事五卷。自认为"搜采散佚,较诸本增益倍蓰",然所录真伪亦未加考订。清朝姚振宗《三国艺文志》中辑有《诸葛亮著作考》,也存在上述缺点。

目前我们所能看到的诸葛亮原作，主要散见于陈寿《三国志》及南朝刘宋裴松之的注文。其余散见于晋朝常璩《华阳国志》、北魏郦道元《水经注》、隋朝虞世南辑《北堂书钞》、唐朝欧阳询等辑《艺文类聚》、宋朝李昉等辑《太平御览》等书，除少数首尾完整外，多属断简残篇，然往往有史料价值，亦足珍贵；其中伪作，自应认真鉴别。

现据中华书局 1960 年第 1 版《诸葛亮集》选译加注，并撰提要，按文体进行排列。对前人已有定论的伪作，尽可能不选。考虑到某些伪作流传已久，在群众中有一定影响，选译时在提要中加以说明。

本书在译注时，曾广泛引用前贤的研究成果，在此谨致谢意。

袁钟仁（暨南大学古籍研究所）

对

草庐对

汉献帝建安十二年(207),刘备驻守新野(在今河南省)。他过去多年奔走,四处投靠,没有建立基地,壮志难伸,急需才智之士辅助。这时得司马徽、徐庶介绍,他前往襄阳(今湖北省襄阳市襄州区)西郊隆中,三次去草庐向诸葛亮虚怀求教。诸葛亮针对当时错综扰攘的局面,剖析敌、友、我三方面的情况,提出一整套兴复汉室的策略。这次在我国历史上享誉千载的对话,为其后刘、孙联盟在赤壁之战中打败曹操,以及为刘备占据荆州、夺取益州确定了指导思想。刘备对此高度赞赏,恳切邀请诸葛亮来辅助自己。诸葛亮从此结束了隐居生活,为施展其抱负而投身于政治斗争。

本文载于陈寿《三国志·蜀志·诸葛亮传》。标题为后人所加,又名《隆中对》。

"对"即"对问",为记录主、客之间问答的一种文体。本文之前的刘备问话,现省略。

自董卓已来①,豪杰并起,跨州连郡者不可胜数,曹操比于袁绍②,则名微而众寡,然操遂能克绍,以弱为强者,非惟天时,抑亦人谋也。 今操

已拥百万之众，挟天子而令诸侯，此诚不可与争锋。孙权据有江东③，已历三世，国险而民附，贤能为之用，此可以为援而不可图也。荆州北据汉、沔④，利尽南海⑤，东连吴、会⑥，西通巴、蜀⑦，此用武之国，而其主不能守，此殆天所以资将军⑧，将军岂有意乎？益州险塞⑨，沃野千里，天府之土⑩，高祖因之以成帝业⑪。刘璋暗弱⑫，张鲁在北⑬，民殷国富而不知存恤，智能之士思得明君。将军既帝室之胄⑭，信义著于四海，总揽英雄，思贤如渴，若跨有荆、益，保其岩阻，西和诸戎⑮，南抚夷、越⑯，外结好孙权，内修政理，天下有变，则命一上将将荆州之军以向宛、洛⑰，将军身率益州之众出于秦川⑱，百姓孰敢不箪食壶浆以迎将军者乎⑲？诚如是，则霸业可成，汉室可兴矣。

---

①董卓（？—192）：字仲颖，东汉陇西郡临洮县（今甘肃省岷县）人，本为凉州豪强，灵帝时任并州牧（州治在今山西省太原市）。昭宁元年（189）率兵入洛阳，废少帝刘辩，立献帝刘协，把持朝政，专横残暴。袁绍、曹操等起兵反对，他挟献帝西迁长安，纵火焚烧洛阳周围数百里，后被王允、吕布所杀，从此我国历史进入军阀混战时期。

②曹操(155—220):字孟德,谯(qiáo,今安徽省亳州市)人,东汉末年起兵,参与镇压黄巾起义军和军阀混战,建安元年(196)挟持献帝,迁都于许(河南省许昌市东),用天子名义发号施令,逐渐统一华北地区。建安十三年(208)为丞相,率军南下,在赤壁(今湖北省赤壁市西北)之战中被刘备、孙权的联军击败,后病死。其子曹丕篡汉称帝,追尊为魏武帝。著有《魏武帝集》。袁绍(?—202):字本初,汝南郡汝阳县(今河南省商水县西南)人,出身贵族世家,初任司隶校尉,当时宦官专权,政治黑暗,大将军何进召董卓带兵至京,谋诛宦官,事泄被害,他杀尽宦官。董卓至京后专揽朝政,暴戾残忍,他号召各地起兵攻打董卓。后在与各地方势力混战中,占有冀(今河北省中南部)、青(今山东省东北部)、幽(今河北省北部)、并(主要在今山西省)四州。汉献帝建安五年(200)在官渡(今河南省中牟县东北)为曹操所败,后病故。 ③孙权(182—252):吴郡富春县(今浙江杭州富阳)人。东汉末年,继其兄孙策据有江东地区。汉献帝建安十三年(208)和刘备联合,在赤壁之战中大败曹操。建安二十四年(219),攻杀蜀将关羽于章乡(今湖北省当阳市东北),占领荆州。公元222年,在夷陵(今湖北省宜昌市东)之战中大败刘备。公元229年,称帝于武昌(今湖北省鄂州市),建立吴国,年号黄龙,后迁都建业(今江苏省南京市),是为吴大帝。其后又与蜀汉结盟,共同对付曹魏。江东:长江在安徽省芜湖市与江苏省南京市之间,由西南流向东北,因而习惯上称自此以下的长江南岸地区为江东。三国时,江东是孙吴的根据地,故当时称孙吴的辖区为江东。 ④荆州:东汉末年,其治所在今湖北省襄阳市,辖境约当今湖北、湖南两省及河南、贵州、广东、广西等省一部分。汉:汉水,长江最长的支流,源

出陕西省宁强县，流经陕西省南部、湖北省西北部和中部，在武汉市流入长江。沔（miǎn）：沔水，古代通称汉水为沔水。一说，汉水北源出自陕西省留坝县的为沔水，西源出自宁强县的为汉水。 ⑤南海：泛指南方滨海地区。 ⑥吴：吴郡，东汉时，郡治在今江苏省苏州市，辖境约当今江苏省长江以南、大茅山以东及浙江省一部分。会（kuài）：会稽郡，东汉时，郡治在今浙江省绍兴市，辖境约当今江苏省一部分、浙江省大部分和福建省。 ⑦巴：巴郡，汉时郡治在今重庆市，辖境约当今四川省旺苍、西充及重庆市永川、綦江等地以东区域。蜀：蜀郡，汉时郡治在今四川省成都市，辖境约当今四川省松潘县以南，北川、彭州、洪雅等地以西，峨边、石棉等地以北，邛崃山、大渡河以东，及大渡河与雅砻江之间康定以南、冕宁以北地区。⑧将军：指刘备（191—223），字玄德，涿郡涿县（在今河北省）人，东汉末年起兵，参与镇压黄巾起义军和军阀混战，曾任豫州牧（州治在今安徽省亳州市）、左将军。赤壁之战后占领荆州（州治在今湖北省江陵县），再后夺取益州和汉中郡（郡治在今陕西省汉中市），自称汉中王。公元220年，魏文帝曹丕篡汉；次年，他在成都称帝，国号汉（俗称蜀汉），年号章武。章武二年（222），在夷陵之战中大败，不久病故，谥昭烈皇帝，俗称先主或先帝。 ⑨益州：东汉末年，州治在今四川省成都市，辖境约当今四川省大部分和甘肃、陕西、湖北、贵州、云南等省一部分。 ⑩天府：形势险固，物产富饶的地方。⑪高祖：汉高祖刘邦（前256或前247—前195），西汉王朝的建立者。字季，沛县（在今江苏徐州）人。秦二世元年（前209），陈胜起义，他起兵响应，后与项羽领导的起义军同为反秦主力。公元前206年，他攻占秦都咸阳（在今陕西西安），推翻秦朝统治。公元前202年战胜项羽,即皇帝位。 ⑫刘璋(? —219):字季玉,江夏郡竟陵县(今湖北省潜江市西北)人,继其父刘焉为益州牧。汉献帝建安十六年(211),迎刘备入蜀,使击张鲁,其后刘备回军进攻成都,他投降后被安置在南郡公安县(在今湖北省)。建安二十四年(219),孙权夺取荆州,任命他为益州牧,驻秭归(在今湖北省西部),后病死。暗(àn):愚昧,糊涂。 ⑬张鲁:字公祺,沛国丰县(在今江苏徐州)人,道教创立者张陵之孙。益州牧刘焉任命他为督义司马,他袭杀刘焉的别部司马张修,占据汉中,后投降曹操,任镇南将军,封阆(làng)中侯。 ⑭胄(zhòu):后代人。这里指刘备为汉景帝之子中山靖王刘胜的后人。⑮诸戎:泛指当时我国西北少数民族。 ⑯夷:泛指当时我国西南少数民族。越:泛指当时我国南方少数民族。 ⑰宛:宛郡,郡治在今河南省南阳市。洛:今河南省洛阳市。 ⑱秦川:即关中地区,今陕西省、甘肃省秦岭以北平原地区,因春秋、战国时地属秦国而得名。⑲箪食(dān sì):用竹器盛着食物。壶浆:用瓦壶盛着饮料。

翻译

　　自从董卓以来,才能出众的人都纷纷起兵,占据州、郡的多到数不清楚。曹操和袁绍相比,名位低而兵员少,可是曹操竟能打败袁绍,从弱小转为强大,这不但是机遇,也是主观努力的结果。现在曹操已经拥有百万大军,挟持皇帝来号令诸侯,这确是不能和他用武力争胜的。孙权占据江东地区,已经历了父兄三代,地势险要而且百姓依附,贤能之士为他所用,这可以作为外援而不可去图谋。荆州北面控制汉水、沔水流域,能够获得南方滨海地区的物产，东面连接吴郡、会稽郡，西部通向巴郡、蜀郡，这是兵家必争之地，可是它的主人不能够据守，这恐怕是上天用来资助将军您的了，将军是否有意呢？益州关塞险要，土地肥沃辽阔，是物产丰富的好地方，高祖凭它建立了帝王的功业。刘璋昏庸懦弱，张鲁在他的北面，百姓殷实，地方富庶，却不知道安抚，有才能的人士希望得到贤明的君主。将军既然是皇家的后代，诚信仁义天下闻名，广泛罗致英雄，迫切访求贤士，如果据有荆州和益州，守住它的险要之处，西面同各戎族和好，南方安抚夷族、越族，对外与孙权结盟，对内修明政治，天下形势发生变化，那么派一位上将统率荆州的军队指向南阳、洛阳，将军亲自带领益州的人马前往关中地区，老百姓谁能不用竹器盛食物、用瓦壶盛饮料来迎接将军呢？果真这样，那就大业可以成功，汉朝可以复兴了。

诏

为后帝伐魏诏

蜀汉后主建兴四年(226)五月,魏文帝曹丕病故,魏明帝曹叡即位。次年三月,丞相诸葛亮率领步骑二十万大军进驻汉中(今陕西省汉中市),由长史张裔、参军蒋琬留守成都,处理丞相府的事务。出师前,由诸葛亮代笔,为后主刘禅下诏伐魏。

诏书痛斥曹魏的罪恶,颂扬蜀汉昭烈皇帝刘备的功德,表示自己匡复天下的宏愿,称赞丞相诸葛亮肩负的重大使命,同时强调友军的相助,最后引证历史事实,指出敌人应及早归顺,立功受奖。

本文载陈寿《三国志·蜀志·后主传》裴松之注,引自《诸葛亮集》。

"诏"为皇帝颁发命令的一种文体。

朕闻天地之道,福仁而祸淫;善积者昌,恶积者丧,古今常数也。是以汤、武修德而王^①,桀、纣极暴而亡^②。曩者汉祚中微,网漏凶慝,董卓造难,震荡京畿^③。曹操阶祸^④,窃执天衡,残剥海内,怀无君之心。子丕孤竖^⑤,敢寻乱阶,盗据神器，更姓改物，世济其凶。当此之时，皇极幽昧，天下无主，则我帝命，陨越于下。昭烈皇帝体明睿之德⑥，光演文、武⑦，应乾坤之运，出身平难，经营四方，人鬼同谋，百姓与能，兆民欣戴。奉顺符谶⑧，建位易号，丕承天序，补弊兴衰，存复祖业，诞膺皇纲，不坠于地。万国未定，早世遐殂⑨。

朕以幼冲，继统鸿基，未习保傅之训⑩，而婴祖宗之重。六合壅否⑪，社稷不建，永惟所以，念在匡救，光载前绪，未有攸济，朕甚惧焉。是以夙兴夜寐，不敢自逸，每从菲薄以益国用，劝分务穑以阜民财，授方任能以参其听，断私降意以养将士，欲奋剑长驱，指讨凶逆，朱旗未举，而丕复陨丧，斯所谓不燃我薪而自焚也。残类余丑，又支天祸，恣睢河、洛⑫，阻兵未弭。

诸葛丞相弘毅忠壮，忘身忧国，先帝托以天下，以勖朕躬。今授之以旄钺之重，付之以专命之权，统领步骑二十万众，董督元戎，龚行天罚，除患宁乱，克复旧都⑬，在此行也。

昔项籍总一强众⑭，跨州兼土，所务者大，然卒败垓下⑮，死于东城⑯，宗族焚如，为笑千载，皆不以义，陵上虐下故也。今贼效尤，天人所怨，奉时宜速，庶凭炎精祖宗威灵相助之福⑰，所向必克。

吴王孙权同恤灾患，潜军合谋，掎角其后。凉州诸国王各遣月支、康居胡侯支富、康植等二十余人诣受节度⑱。大军北出，便欲率将兵马，奋戈先驱。天命既集，人事又至，师贞势并，必无敌矣。

夫王者之兵，有征无战，尊而且义，莫敢抗也。故鸣条之役⑲，军不血刃；牧野之师⑳，商人倒戈。今旒麾首路，其所经至，亦不欲穷兵极武。有能弃邪从正，箪食壶浆以迎王师者，国有常典，封宠大小，各有品限。及魏之宗族、支叶、中外，有能规利害、审逆顺之数，来诣降者，皆原除之。昔辅果绝亲于智氏㉑，而蒙全宗之福；微子去殷㉒，项伯归汉㉓，皆受茅土之庆，此前世之明验也。若其迷沉不返，将助乱人，不式王命，戮其妻孥，罔有攸赦。广宣恩威，贷其元帅，吊其残民。他如诏书律令，丞相其露布天下，使称朕意焉。

为后帝伐魏诏

①汤:商王朝的建立者,原为商族领袖,又称成汤、成唐。他任用伊尹,积聚力量,陆续攻占邻近各国,最后消灭了夏王朝。武:周王朝的建立者,姓姬名发,他联合庸、蜀、羌、髳(máo)、微、卢、彭、濮(pú)等族,向东进军,在牧野(今河南省淇县西南)取得大胜,消灭商王朝,建都于镐(hào,今陕西省西安市附近),是为周武王。　②桀:夏朝末代国王,名履癸,在位时暴虐荒淫,后出奔南方而死。纣:商朝末代国王,一名受,又称帝辛,他在牧野之战中因前徒倒戈,兵败自焚。　③畿(jī):古代称靠近国都的地方。　④阶:凭借。　⑤丕:即曹丕(187—226),字子桓,曹操次子。曹操死,他于东汉延康元年(220)十月废汉献帝刘协,建立魏国,迁都洛阳,年号黄初,在位七年病故,谥魏文帝。著有《魏文帝集》。　⑥昭烈皇帝:即刘备。
⑦文:商朝末年周族领袖,姓姬名昌,商纣时为西伯,曾被商纣囚禁于羑(yǒu)里(今河南省汤阴县北),后获释,建立丰邑(今陕西省西安市长安区西北)。其子姬发建立周王朝,追尊为周文王。武:即周武王。　⑧符:符命。古时以所谓祥瑞的征兆,附会成君主得到天命的凭证。谶(chèn):图谶。古时宣扬迷信的隐语或预言,作为吉凶的征兆。　⑨殂(cú):死亡。　⑩保傅:即太保、太傅,均为辅导太子的官。　⑪六合:天地四方。　⑫河:黄河。洛:洛水。河、洛指中原地区。　⑬旧都:原来的都城。西汉建都长安,东汉建都洛阳。　⑭项籍(前232—前202):字羽,下相(今江苏省宿迁市西南)人,楚国贵族出身,秦二世元年(前209)跟随叔父项梁在吴(今江苏省苏州市)起义。他在钜鹿(今河北省平乡县西南)之战中摧毁秦军

主力。秦亡后,自立为西楚霸王,并大封诸侯王。后为刘邦击败,自杀。　⑮垓(gāi)下:在今安徽省灵璧县南、沱河北岸。　⑯东城:县治在今安徽省定远县东南。　⑰炎精:即"火德"。古代迷信的说法,汉朝能够兴起是由于在"五行"中交上"火"运。　⑱凉州:东汉时,州治在今甘肃省张家川回族自治县,辖境相当于今甘肃、宁夏和青海湟水流域、内蒙古纳林河及穆林河流域,三国时辖境缩小。月(yuè)支:又作月氏,古部落名,秦汉之际游牧于敦煌、祁连间,后为匈奴所迫,西汉时迁至伊犁河上游的称大月支,进入祁连山区与羌族杂居的称小月支。康居:古西域国名,东界乌孙,西连奄蔡,南连大月支,东南临大宛,约在今巴尔喀什湖与咸海之间。胡:我国古代对北方、西方各族的泛称。"胡侯"即胡族首领。支富、康植:均为人名,不详。　⑲鸣条:又名高侯原,在今山西省运城市安邑镇北。相传商汤攻打夏桀,在此作战。　⑳牧野:在今河南省淇县西南。相传周武王大败商纣军队于此。　㉑辅果:即智果,春秋时代晋国大夫。智宣子将确立儿子智瑶为继承人,智果提出不如由庶子智宵继承,否则智氏宗族必遭灭亡。智宣子不接受这个意见,于是智果改姓辅,后来智氏被消灭,辅果这一族得以保存。　㉒微子:即商启,一名开,商纣的庶兄,封于微(今山东省梁山县西北),多次规谏纣王,不被采纳,于是出走。周武王推翻商朝时,他投降后被封于宋,建都商丘(在今河南省),辖境在今河南省东部及山东、江苏、安徽三省交界的地区。殷:即商朝。因商朝曾迁都于殷(今河南省安阳市小屯村一带),故后人称商朝为殷。　㉓项伯(?—前206),名缠,字伯,下相人,项羽的叔父。公元前206年,项羽率军四十万进驻鸿门(今陕西省西安市临潼区东),准备攻打刘邦,他连夜驰告刘邦谋士张良,并多方在项羽面前保护刘邦。汉朝建立后,赐姓刘氏,封射阳侯。

翻译

我听说天地之间的常理,赐福给仁德的人而降祸给奸邪的人;好事做得多的就必然兴旺,坏事做得多的就必然灭亡,这是古往今来的规律。所以商汤、周武推行德政而称王,夏桀、商纣极端残暴而灭亡。过去汉朝的国运中途衰微,法网宽疏以至放走奸凶,董卓制造的灾难,震动了京都地区。曹操趁此灾祸,窃据了朝廷大权,弄得全国残破,他心中没有君上。他的儿子曹丕这小贼人,竟敢僭越本分,盗取帝位,改朝换代并变更制度,继续进行凶险的勾当。就是在这个时候,国运暗淡,如果天下没有主宰的人,我汉家的帝业,就会遭到颠覆。

昭烈皇帝表现出明智的德性,光大周文王、武王的事业,顺应天地的运数,挺身而出去平定患难,来往各地,同人民商议并祈求鬼神启示,百姓都各尽所能地参与,亿万民众欢欣拥戴。他恭敬地执行上天降下的符命图谶,建立坛位和改换年号,庄严地继承帝王的统嗣,补救流弊和振兴颓势,恢复祖先的事业,隆重地接受统驭天下的大政,使其不致毁坠。可惜四方还未安定,他就过早地去世了。

我以幼小的年纪,继承了统治国家的大业,没有熟悉太保、太傅的教导,然而担负着祖宗留下的重任。现在天地四方都壅塞闭隔,国家受到破坏,我长期思考其中缘故,很想加以匡正补救,光大先人事业,尚未有所成就。我为此十分戒惧,所以早起夜睡,不敢自求安逸,经常要求生活俭约来弥补国家开支,使有无相济并致力农事来增加人民财富,授予方略和任用贤能来参与治理,断绝私欲和倾心致意来抚养将士。我想挥舞利剑向远方挺进,讨伐凶恶的敌人,战旗还未高举,而曹丕就死了,这就是所谓不用烧我的柴草而自行焚毁吧。那残余的丑类,又持续犯下弥天大罪,在中原地区暴戾横行,仗恃有军队而不肯归顺。

丞相诸葛亮宽弘刚毅,忠诚而有胆略,不顾自己而全心为国,先帝把天下大事委托给他,要他策励帮助我。现在我授予他指挥作战的重任,交付他专决行事的大权,统率步骑兵二十万之众,督领大军,恭敬地执行上天的讨伐,消除患难和平息叛逆。光复原来的京城,就在于这次出师了。

从前项籍带领一支强大的人马,占据州郡兼并土地,所追求的目标很大,但终于在垓下战败,死在东城,宗族也遭了灾,千年之后还为人耻笑,这都是所行不义,对上侵凌、对下暴虐的缘故。现在曹贼效法他干尽坏事,为上天和人间所怨恨,趁此时机应从速进军,以便凭借大汉火德之运和祖宗神灵的福佑,大军所到,必定胜利。

吴王孙权患难相助,秘密出兵和共同策划,牵制敌人后方。凉州各国君主派遣月支、康居族首领支富、康植等二十多人前来接受调度。大军北上,他们就准备带领兵马,奋勇地拿起武器作为先锋。上天的意旨既已下达,人力所能做的事情也已办到,军

为后帝伐魏诏

队精锐,声势浩大,必然所向无敌。

奉行王道的军队,出征讨伐不用苦战,因为它尊严而行正义,没有人敢抵抗。所以鸣条之战,商汤战败夏桀,士兵刀不沾血;牧野之战,武王伐纣,商朝人民反戈一击。现今旌旗在路,所过之处,也不想尽施兵力、任意用武。如果有能够改邪归正,以竹器盛食物,瓦壶盛饮料来迎接王师的,国家早有规定,按功劳大小封官受赏,各分等级。至于曹魏的宗族、支派、内外人士,如能看见利害、考虑顺逆的道理,前来投降的,都予以宽恕任用。从前辅果与智氏断绝亲属关系,因而得到保存宗族的福佑;微子离开殷国,项伯归顺汉朝,都获得被封为诸侯的奖赏。这是前代明显的例证。如果沉迷不悟,帮助叛逆,不遵守天子的命令,就要杀掉其妻子儿女,决不赦免。现在为了广泛宣示恩惠和威武,恩准饶恕归降的敌方主帅,慰问对方受到残害的人民。其他有关诏书、法律、条令,由丞相向天下公布,以称我的心意。

表

请宣大行皇帝遗诏表

蜀汉章武元年(221)七月,刘备亲率大军进攻孙权,诸葛亮和太子刘禅留守成都,次年闰六月,刘备在夷陵(今湖北省宜昌东)惨败,退守白帝城(今重庆市奉节县白帝山上),因元气大伤,忧愤成疾,章武三年(223)四月二十四日在城西永安宫病故。临终前召见诸葛亮,托以后事。五月,刘备灵柩从永安迁往成都。八月,葬于惠陵(今成都市区西南武侯祠旁)。为此,诸葛亮将刘备的丧葬事宜,上表后主刘禅。

本文载陈寿《三国志·蜀志·先主传》。

"表"是臣下向君主陈述意见的一种文体。

伏惟大行皇帝迈仁树德①,覆焘无疆②,昊天不吊③,寝疾弥留,今月二十四日奄忽升遐④,臣妾号咷,若丧考妣。乃顾遗诏:事惟大宗,动容损益;百寮发哀,满三日除服,到葬期复如礼;其郡国太守、相、都尉、县令长⑤,三日便除服。臣亮亲受敕戒,震畏神灵,不敢有违。臣请宣下奉行。

①伏惟：谦敬之词，意思是低头想念。大行：一去不返。古代讳言皇帝死亡，以此作比喻。一说，皇帝新死，未有谥号，通称大行，言其有大德行。本文"大行皇帝"指刘备。　②焘（dào）：同"帱"，覆盖。③昊（hào）天：广大的上天。　④升遐：升登远处，比喻死亡。⑤太守：郡的最高行政长官。相：王国的相，由中央政府委派，约相当于郡太守。都尉：辅佐太守并主管全郡的军事。本文指属国都尉，西汉于边郡设属国都尉，主管与少数民族有关的事务；东汉也在边郡设属国都尉，职权有如太守。县令长：县的最高行政长官。

翻译

　　我们想起大行皇帝普施仁义、广树恩德，像天覆地载一样没有止境。皇天不佑，使他卧病垂危，在本月二十四日突然升天，男女臣民都放声痛哭，好像死了父母似的。于是回看他遗下的诏书：事关太子，举止仪容要恰如其分；百官举行哀悼，过了三天除去丧服，到下葬时再按丧礼进行；郡国太守、相、都尉、县令长，三天后便可除去丧服。臣诸葛亮亲自领受诏命告诫，惧怕神灵，不敢违背。臣请求向属下宣布，遵照执行。

南征表

蜀汉后主建兴元年（223）夏，南部的牂牁（zāng kē）郡（郡治在今贵州省凯里市西北）太守朱褒叛变。在这之前，益州郡（郡治在今云南昆明晋宁东）豪强雍闿（kǎi）造反，越嶲（xī）郡（郡治在今四川省西昌市东南）叟族首领高定也起兵称乱。鉴于刘备刚去世，诸葛亮采取"闭关息民"的政策，对南方叛乱进行招抚，可是毫无效果。

建兴三年（225）三月，诸葛亮亲率大军南征。在攻打高定时，诸葛亮俘虏了高定的妻子，想借此迫他投降，可是高定收集败兵，进行死战，终于被歼。为此，诸葛亮上表反映当时战争情况。

本文载于隋朝虞世南辑《北堂书钞》卷一五八。

初谓高定失其窟穴[①]，获其妻子，道穷计尽，当归首以取生也。而逾蛮心异，乃更杀人为盟，纠合其类二千余人，求欲死战。

---

①高定：晋朝常璩《华阳国志》作高定元（？—225），越嶲郡（今四川省西昌地区）叟族首领。蜀汉章武三年（223），刘备去世，高定乘机

杀害郡将焦璜,自称叟王,勾结雍闿等人作乱。蜀汉后主建兴三年(225),诸葛亮南征,高定兵败被杀。

翻译

　　起初我以为高定失去了藏身之处,妻子也被俘虏,已走投无路,无计可使,应该投降以求得活命。然而远方蛮族的想法不同,竟敢再杀人盟誓,纠集同种两千多人,打算进行死战。

出师表

蜀汉后主建兴三年(225)秋,诸葛亮平定了南方的益州、永昌、牂牁、越嶲四郡(今四川省大渡河以南及云南、贵州部分地区)的叛乱,解除了后顾之忧。经过一番休整,建兴五年(227)三月,他率领大军进驻汉中,准备北伐曹魏。由于后主刘禅暗弱无能,所以诸葛亮在出师之前,上表规劝,希望后主发扬先帝刘备的优良品德,尊贤纳谏,秉法持正。他推荐可以倚重的文武官员,提出惨痛的历史教训;同时说明出师的目的、任务,表白自己对蜀汉的无限忠诚和北定中原的坚定意志。虽然这次伐魏因马谡(sù)失守街亭(今甘肃省庄浪县东南)而未获成功,但本文措辞恳切周详,情深意厚,感染力极强,故为后代所传诵。

本文载于陈寿《三国志·蜀志·诸葛亮传》,标题为后人所加,始见于南朝梁昭明太子萧统编纂的《文选》。本文又称《前出师表》,以别于《后出师表》。

先帝创业未半[①]**,而中道崩殂,今天下三分,益州疲弊**[②]**,此诚危急存亡之秋也。 然侍卫之臣不懈于内,忠志之士忘身于外者,盖追先帝之殊**

遇③，欲报之于陛下也。诚宜开张圣听，以光先帝遗德，恢弘志士之气④，不宜妄自菲薄，引喻失义，以塞忠谏之路也。宫中府中，俱为一体，陟罚臧否，不宜异同。若有作奸犯科，及为忠善者，宜付有司⑤，论其刑赏，以昭陛下平明之理，不宜偏私，使内外异法也。

侍中、侍郎郭攸之、费祎、董允等⑥，此皆良实，志虑忠纯，是以先帝简拔以遗陛下⑦。愚以为宫中之事，事无大小，悉以咨之，然后施行，必能裨补阙漏，有所广益。将军向宠⑧，性行淑均⑨，晓畅军事，试用于昔日，先帝称之曰能，是以众议举宠为督⑩。愚以为营中之事，悉以咨之，必能使行陈和睦，优劣得所。亲贤臣，远小人，此先汉所以兴隆也⑪；亲小人，远贤臣，此后汉所以倾颓也⑫。先帝在时，每与臣论此事，未尝不叹息痛恨于桓、灵也⑬。侍中、尚书、长史、参军⑭，此悉贞亮死节之臣，愿陛下亲之信之，则汉室之隆，可计日而待也。

臣本布衣，躬耕于南阳⑮，苟全性命于乱世，不求闻达于诸侯。先帝不以臣卑鄙⑯，猥自枉屈，三顾臣于草庐之中，咨臣以当世之事，由是感激，遂许先帝以驱驰。后值倾覆，受任于败军之际[17]，奉命于危难之间[18]，尔来二十有一年矣[19]！先帝知臣谨慎，故临崩寄臣以大事也[20]。受命以来，夙夜忧叹，恐托付不效，以伤先帝之明，故五月渡泸[21]，深入不毛[22]。今南方已定[23]，兵甲已足，当奖率三军[24]，北定中原，庶竭驽钝[25]，攘除奸凶，兴复汉室，还于旧都，此臣所以报先帝，而忠陛下之职分也。至于斟酌损益[26]，进尽忠言，则攸之、祎、允之任也。

愿陛下托臣以讨贼兴复之效，不效则治臣之罪，以告先帝之灵。若无兴德之言，则责攸之、祎、允等之慢，以彰其咎。陛下亦宜自谋，以咨诹善道[27]，察纳雅言，深追先帝遗诏，臣不胜受恩感激！

今当远离，临表涕零，不知所言。

①先帝创业未半：清仁宗嘉庆年间（1796—1820），胡克家重刻宋刊《文选》，此句前有"臣亮言"三字。先帝：即先主刘备。　②益州：此处指蜀汉。疲弊：人力疲劳、物力困乏。　③殊遇：指恩宠、信任而言。　④恢弘：发扬，振作。　⑤有司：古代设官分职，各有专司，因称官吏为有司。　⑥侍中：侍从皇帝左右，为应对顾问的官员。侍

郎:即黄门侍郎,为宫廷近侍,传达诏命。郭攸之:字演长,南阳郡(郡治在今河南省南阳市)人,性素和顺,以才识知名于时。费祎(yī,?—253):字文伟,江夏郡鄳(méng,今河南省罗山县西南)人,初任蜀汉太子舍人,后主即位,迁黄门侍郎,改授昭信校尉,多次出使吴国。诸葛亮去世,任后军师,旋代蒋琬为尚书令,迁大将军,录尚书事。后在元旦宴会时,被魏国降人郭循刺死。董允(?—246):字休昭,南郡枝江市(在今湖北省)人,初任蜀汉太子舍人,后主即位,迁黄门侍郎,领虎贲中郎将。后主延熙六年(243)加辅国将军。次年,以侍中守尚书令,为大将军费祎副贰,对后主的过失能常加规劝。 ⑦简拔:选拔。 ⑧向宠(?—240):襄阳郡宜城(在今湖北省)人,初任蜀汉牙门将。吴蜀夷陵之战,刘备大败,惟向宠所部完整无损。后主时,封都亭侯,任中部督;后迁中领军,征汉嘉蛮时战死。 ⑨淑均:善良公正。 ⑩督:此处指中部督,负责统领都城的警卫部队。 ⑪先汉:即前汉,西汉,公元前206年至公元8年。⑫后汉:即东汉,公元25年至220年。 ⑬桓:东汉桓帝刘志,公元147年—167年在位。灵:东汉灵帝刘宏,公元168年—188年在位。他们在位时,信任宦官,政治腐败。 ⑭侍中:此处指郭攸之、费祎。尚书:东汉时为协助皇帝处理政务的官员,此处指陈震(?—235),字孝起,南阳郡人,蜀汉初期任汶山郡(郡治在今四川省汶川县西南)太守,后主时为尚书,迁尚书令。出使吴国,还,封城阳亭侯。长史:丞相府的属官。此处指张裔(?—230),字君嗣,蜀郡成都(在今四川省)人,蜀汉初期任巴郡太守、司金中郎将、益州郡太守。后主时,诸葛亮驻汉中,他以射声校尉领留府长史,后加辅汉将军。参军:将军府的重要幕僚,参谋军务。此处指蒋琬(?—246),字公琰

(yǎn),零陵郡湘乡县(在今湖南省)人,随刘备入蜀,任广都(在今四川成都双流)长,为诸葛亮器重,后任丞相长史。诸葛亮伐魏,他负责军需供应。诸葛亮去世后,蜀汉不设丞相,他任大将军、录尚书事,主持政府事务,封安阳亭侯。　⑮南阳:郡名,汉朝辖境约在今河南熊耳山以南叶县、内乡县和湖北大洪山以北广水市、十堰市郧阳区之间的地区。诸葛亮耕读处,在今湖北襄阳市西郊隆中山东部。　⑯卑鄙:此处指地位低,见识浅。　⑰败军:指汉献帝建安十三年(208),曹操在当阳长坂击溃刘备的军队。　⑱奉命:指刘备被曹操打败,逃到夏口(今湖北省武汉市汉口区),诸葛亮被派往柴桑(今江西省九江市西南)向孙权求援。　⑲尔来:从那时以来。二十有一年:指从汉献帝建安十二年(207)刘备三顾草庐访问诸葛亮,到蜀汉后主建兴五年(227)诸葛亮上表出师北伐,前后共二十一年。⑳大事:重大事情。此处指蜀汉章武三年(223),刘备在永安(今重庆市奉节县东)病危,嘱托诸葛亮辅助刘禅,讨魏兴汉。　㉑渡泸:泸水又名泸江水,指今雅砻(lóng)江下游及金沙江与雅砻江会合后的一段河流。后主建兴元年(223),蜀汉南方四郡先后发生叛乱。建兴三年(225)三月,诸葛亮率师出征,在盛暑五月冒着致病的瘴气强渡泸水。　㉒不毛:不生长草木五谷,指最荒瘠或未开辟的地方。㉓已定:指后主建兴三年秋,诸葛亮平定了蜀汉南方的益州、永昌、牂牁、越巂等地的叛乱。　㉔三军:古代天子建立六军,诸侯建立三军。此处作“全军”解。　㉕驽钝:比喻才能平庸。　㉖损益:增减,兴革。　㉗咨诹(zōu):询问征求。

翻译

先帝创立大业还未完成一半，就中途去世，现在天下分裂为三部分，我们蜀国处境疲顿困乏，这实在是国家危急存亡的时刻。然而侍从护卫的臣子，在朝廷内毫不怠惰；忠诚有志的将士，在外奋不顾身；这是他们追念先帝对自己的特殊知遇，想向陛下报效啊。因此陛下应该广泛听取意见，发扬先帝的优良品德，振奋有志之士的报国精神，不应随便看轻自己，言谈违背义理，堵塞了臣下尽忠劝告的道路。宫廷和相府的官员，都是一个整体，奖惩褒贬，不应标准有别。如有作恶犯法，以及尽忠立功的，都应交给有关主管官员，评定并对他们惩罚或奖赏，用以显示陛下办事公平严明，不应偏袒护私，弄到宫廷和相府的法令不统一。

侍中郭攸之、费祎和侍郎董允等，都是善良诚实的人，志向和思想忠贞纯正，所以先帝选拔出来留给陛下。我认为宫廷的事情，不论大小，都应该同他们商量，然后实施执行，这样定能对缺点和疏忽有所补救，得到很好的效果。将军向宠，品性和处事善良公平，精通用兵打仗，以前任职时经过考验，先帝称赞他能干，所以大家商量推荐他为中部督。我认为军营的事情，都要同他商量，这样定能使军队团结协作，强弱调配各得其所。亲近贤臣，疏远小人，这是前汉兴旺昌盛的原因；亲近小人，疏远贤臣，这是后汉倾覆衰败的原因。先帝在世的时候，每次同我谈论这些事，没有一次不为桓帝、灵帝的表现而惋惜痛心。侍中郭攸之和费祎、尚书陈震、长史张裔、参军蒋琬，这些都是忠诚贤良、坚守节操的臣子，希望陛下亲近信任他们，那么汉朝的兴隆，就为时不远了。

我原是一个平民，亲身在南阳耕种，只图在乱世中苟且保全性命，不想向诸侯求得称扬荐拔。先帝不认为我身世低微，竟降低身份委屈自己，三次到草庐来探访我，向我征询当前的天下大事，这使我受到感动而振奋起来，于是答应为先帝奔走效劳。后来遭受挫折，在战败之时接到委任，在危难之中执行使命，从那时以来有二十一年了！先帝知道我恭谨慎重，所以在去世前把国家大事托付给我。我接受任命以来，日夜忧虑叹息，担心先帝委托的事情没有做好，有损于先帝的英明，所以在盛暑五月强渡泸水，深入荒远地区。现在南方的叛乱已经平定，兵员武器已经充足，应当奖励和统率全军，北进平定中原，尽我凡庸的才能，消灭邪恶的敌人，复兴汉家的朝廷，回到原来的都城，这是我用来报答先帝，尽忠陛下的职责本分。至于考虑兴废改革，进献忠诚建议，那就是郭攸之、费祎、董允的责任了。

　　希望陛下能委托我进行讨伐奸贼、复兴汉朝的事业，事业没有成效就惩办我的罪过，用以禀告先帝的在天之灵。如果没有规劝陛下发扬圣德的言论，那就责罚郭攸之、费祎、董允等人的怠惰，宣布他们的过失。陛下也应该多加思考，征求治国的良好办法，明察并采纳正确意见，当我殷切追念先帝临去世时的诏命，更觉得自己深受大恩而感激不尽。

　　现值远行告别之际，我面对奏表热泪纵横，真不知说了些什么。

后出师表

　　蜀汉后主建兴六年(228)秋,魏明帝曹叡(ruì)派曹休、司马懿、贾逵分兵三路,攻打吴国。吴主孙权命陆逊率领诸将迎击,在石亭(今安徽省安庆市附近)大败曹休。诸葛亮认为曹魏关中地区虚弱,便在这年十二月统率大军,经散关(即大散关,在今陕西省宝鸡市西南大散岭上)围攻陈仓(在今陕西省宝鸡市东)。由于这年春季,马谡在街亭战败,蜀汉有人对此次出兵表示怀疑,因而诸葛亮于十一月上表后主刘禅,强调蜀汉与曹魏势不两立。在敌强我弱的情况下,岂可坐而待亡!并列举事实,说明成败利钝很难预料,只有"鞠躬尽力,死而后已"。这次出师后来因粮尽而退兵。

　　本文载于陈寿《三国志·蜀志·诸葛亮传》裴松之注文,引自晋朝习凿齿《汉晋春秋》。裴松之解释说:"此《表》,亮《集》所无,出张俨《默记》。"张俨是吴国大鸿胪,故后人疑为伪作。有关论点可参阅卢弼《三国志集解》。

　　先帝虑汉、贼不两立①,王业不偏安,故托臣以讨贼也。 以先帝之明,量臣之才,故知臣伐贼,才弱敌强也。 然不伐贼,王业亦亡;惟坐待

亡，孰与伐之？ 是故托臣而弗疑也。

臣受命之日，寝不安席，食不甘味，思惟北征，宜先入南，故五月渡泸，深入不毛，并日而食。 臣非不自惜也，顾王业不得偏全于蜀都，故冒危难以奉先帝之遗意也，而议者谓为非计。 今贼适疲于西②，又务于东③，兵法乘劳，此进趋之时也。 谨陈其事如左：

高帝明并日月④，谋臣渊深，然涉险被创，危然后安。 今陛下未及高帝，谋臣不如良、平⑤，而欲以长计取胜，坐定天下，此臣之未解一也。

刘繇、王朗⑥，各据州郡，论安言计，动引圣人，群疑满腹，众难塞胸，今岁不战，明年不征，使孙策坐大⑦，遂并江东，此臣之未解二也。

曹操智计殊绝于人，其用兵也，仿佛孙、吴⑧，然困于南阳⑨，险于乌巢⑩，危于祁连⑪，逼于黎阳⑫，几败北山⑬，殆死潼关⑭，然后伪定一时耳。 况臣才弱，而欲以不危而定之，此臣之未解三也。

曹操五攻昌霸不下⑮，四越巢湖不成⑯，任用李服而李服图之⑰，委夏侯而夏侯败亡⑱。 先帝每称操为能，犹有此失，况臣驽下，何能必胜？ 此

后出师表

臣之未解四也。

　　自臣到汉中，中间期年耳⑲，然丧赵云、阳群、马玉、阎芝、丁立、白寿、刘郃、邓铜等及曲长、屯将七十余人⑳，突将、无前、賨叟、青羌、散骑、武骑一千余人㉑，此皆数十年之内所纠合四方之精锐，非一州之所有。若复数年，则损三分之二也，当何以图敌？此臣之未解五也。

　　今民穷兵疲，而事不可息。事不可息，则住与行劳费正等。而不及今图之，欲以一州之地与贼持久，此臣之未解六也。

　　夫难平者，事也。昔先帝败军于楚㉒，当此时，曹操拊手，谓天下以定。然后先帝东连吴、越㉓，西取巴、蜀㉔，举兵北征㉕，夏侯授首㉖，此操之失计，而汉事将成也。然后吴更违盟㉗，关羽毁败㉘，秭归蹉跌㉙，曹丕称帝。凡事如是，难可逆见。臣鞠躬尽力，死而后已。至于成败利钝，非臣之明所能逆睹也。

---

①汉：指蜀汉。贼：指曹魏。　②西：指蜀汉后主建兴六年（228）初，诸葛亮进攻祁山（今甘肃省西和县西北），魏国西部的南安、天水、安

定三郡(均在今甘肃省东部)叛魏附汉,关中震动。　③东:指建兴六年八月,吴国陆逊在魏国东南境的石亭击溃曹休。　④高帝:即刘邦。　⑤良:张良(?—前186),字子房,相传为城父(今河南省郏县东)人,韩国贵族后代,刘邦的重要谋士,曾劝刘邦不立六国后代,联合英布、彭越,重用韩信,追击项羽,都得到采用,汉朝建立后封留侯。平:陈平(?—前178),阳武(今河南省原阳县东南)人,刘邦的重要谋士,曾建议用反间计使项羽去掉谋士范增,以爵位笼络韩信。汉朝建立后封曲逆侯,惠帝、吕后时任丞相,因诸吕专权,不理政务,吕后死,与周勃定计诛杀吕产、吕禄等,迎立文帝,任丞相。　⑥刘繇(yóu):字正礼,东莱郡牟平县(今山东省烟台市牟平区)人,东汉末年任扬州(州治在今安徽省合肥市)刺史,受袁术威胁,移驻曲阿(今江苏省丹阳市),后为孙策所破,逃奔丹徒县(今江苏省镇江市丹徒区),转往彭泽(今江西省湖口县东),又与笮(zé)融互相攻战,不久病死。王朗:字景兴,东海郡(郡治在今山东省郯城西南)人。东汉末年任会稽郡太守,为孙策所逐,浮海至东冶(今福建省福州市),在孙策追击下投降,后北归曹操,任谏议大夫、参司空军事。魏明帝时任司徒,封兰陵侯。　⑦孙策(175—200):字伯符,吴郡富春(今浙江杭州富阳区)人。孙坚长子,汉献帝兴平二年(195),其父战死,于是依附袁术,后收领其父残部,占据江东地区,曹操任其为讨逆将军,封吴侯。后在出猎时被人行刺,重伤而死。　⑧孙:孙膑,战国时代齐国阿(今山东阳谷县东北)人,孙武的后代,曾任齐威王军师,协助齐将田忌大败魏军于桂陵(今河南省长垣市西,一说在今山东省菏泽市东北)、马陵(今河北省大名县东南,一说在今山东省莘县西南)。著有《孙膑兵法》。吴:吴起(?—前381),战国时代卫国左氏

（今山东省曹县北）人，初任鲁将，继任魏将，屡立战功。魏文侯死，遭到陷害，逃往楚国，任令尹，辅佐楚悼王变法图强。楚悼王死，被贵族杀害。所著兵法四十八篇已佚，今本《吴子》六篇为后人伪托。

⑨"困于"句：指汉献帝建安二年（197），曹操与张绣在南阳郡宛（今河南省南阳市）作战，曹操为流矢所中，其长子曹昂等战死。

⑩"险于"句：指建安五年（200），袁绍与曹操在官渡（今河南省中牟县东北）对抗，曹军军粮告缺，形势十分危急，后用许攸偷袭袁军屯粮重地乌巢（今河南省延津县东南）之计才转危为安。　⑪"危于"句：指建安九年（204），曹操围攻邺（今河南省磁县东南），袁尚前来救援，曹操击破之，袁尚退保祁山，曹操再次攻邺，几乎被袁尚守将审配的伏兵射中。　⑫"逼于"句：指建安七年（202），袁绍病故，其子袁谭、袁尚屯兵黎阳（今河南省浚县境），曹操进攻，谭、尚固守。相持半年，未能攻下。　⑬"几败"句：指建安二十年（215），曹操进攻张鲁，在今陕西省勉县阳平关附近北山，伤亡甚多。一说北山即白狼山（今辽宁省凌源市东南），建安十二年（207）八月，曹操北征乌桓，在白狼山瞭望敌情，突然遭遇众多敌兵的攻击。　⑭"殆死"句：指建安十六年（221），曹操进攻马超、韩遂，在潼关（今陕西省潼关县境）准备渡河，马超率领步、骑兵一万多人突然来到，曹操急忙上船，马超的追兵矢下如雨，曹操几乎被射死。　⑮昌霸：即昌狶，建安四年（199），昌霸背叛曹操，依附刘备，曹操屡攻不下。　⑯巢湖：在今安徽省合肥市南部。孙权多次围攻合肥曹军，曹军则多次从巢湖进攻孙权。从公元208年—217年，经历了四次大战役，曹军始终未能越过巢湖。　⑰李服：应是王服。建安四年，汉献帝亲信车骑将军董承、将军吴子兰和王服、刘备等谋杀曹操，次年事泄，除刘备外，余

人被害。　⑱夏侯：夏侯渊(？—219)，字妙才，谯人。从曹操起兵，建安二十年(225)任征西将军，驻守汉中，后为刘备部将黄忠击杀。⑲期年：一整年。　⑳赵云(？—229)：字子龙，常山郡真定(今河北省正定县南)人，初从公孙瓒，后归刘备，曹操进军荆州，刘备在当阳战败，他极力护救甘夫人和刘禅，以数十骑抵御曹军，被誉为"一身是胆"。刘备平定益州，授翊军将军。后主时封永昌侯，迁镇东将军。诸葛亮上《后出师表》时尚健在，故成为后人认为《后出师表》是伪作的证据之一。阳群、马玉：生平不详。阎芝：刘备时曾任巴郡(郡治在今四川省阆中市)太守。丁立、白寿、刘郃、邓铜：生平不详。曲长：部曲的首领。屯将：屯兵的将官。　㉑突将：冲锋的将士。无前：先锋的将士。賨(cóng)叟、青羌：均为当时蜀汉军队中的西南少数民族将士。散骑、武骑：骑兵的名称。　㉒败军于楚：指汉献帝建安十三年(208)，刘备在当阳战败，此地古属楚国。　㉓"东连"句：指建安十三年，刘备联合孙权击败曹操。孙权辖区古为吴、越之地。㉔"西取"句：指建安十六年(211)，刘备率兵进入益州。公元214年，攻占成都。益州古为巴、蜀之地。　㉕北征：建安二十二年(217)，刘备率军北驻汉中，进攻曹操部将夏侯渊。　㉖夏侯：指夏侯渊。授首：被杀。　㉗违盟：建安二十四年(219)，孙权采纳吕蒙的计谋，袭取荆州，击杀关羽父子，破坏了吴、蜀间的盟好关系。　㉘关羽(？—219)：字云长，河东郡解县(今山西省临猗县西南)人，从刘备起兵。建安五年(200)与曹操作战被俘，曾为曹操击杀袁绍大将颜良，封汉寿亭侯。其后复归刘备，建安十九年(214)镇守荆州，任前将军。建安二十四年(219)在樊城(今湖北省襄阳市)围攻曹操部将曹仁，后方空虚，孙权乘机偷袭，他兵败被杀。　㉙秭(zǐ)归：今湖北省宜昌市北。刘备怨恨孙权袭杀关羽,于蜀汉章武元年(221)兴师伐吴,在夷陵之战失败后退驻秭归。

翻译

先帝考虑汉朝和曹贼势不两立,要复兴帝王的事业就不能安然偏处一隅,所以委托我征讨曹贼。以先帝的英明,量度我的才能,本来就知道我去讨伐曹贼,才能薄弱而敌人强大。但是不讨伐曹贼,帝王的事业也会失败;与其坐着等待失败,何如起而讨伐敌人?所以先帝毫不迟疑地把这事委托给我。

我接受任命的时候,睡不安宁,食不知味,考虑向北出征,应先平定南方,所以在五月强渡泸水,深入荒远地区,两天只吃一日的粮食。我并非不爱惜自己,但是帝王的事业不能偏安于蜀地,所以冒着危险困难去奉行先帝遗诏的旨意,可是议论者却认为这不是上策。现在曹贼正困顿于西境,又要致力于东方,兵法认为要趁敌人劳累时进攻,这正是赶快出师的机会。我恭敬地把有关事项陈述如下:

高帝的英明可同日月相比,他的谋臣见识渊博、思虑深远,但仍要经历艰险承受挫折,然后才能转危为安。现在陛下不如高帝,谋臣不如张良、陈平,可是却想用长期相持的策略来取胜敌人,坐待天下平定,这是我对非议北伐所不理解的第一点。

刘繇、王朗,各自占据州、郡,谈论安危和商议计策,动辄引用圣人的观点,大家顾虑满腹,众人疑难填胸,今年不作战,明年不出征，这使孙策安然地强大，因而吞并了江东地区，这是我对非议北伐所不理解的第二点。

曹操的智谋远远超过别人，他指挥军队，好像孙膑、吴起，但是在南阳遭困，在乌巢蒙险，在祁连遇危，在黎阳受迫，在北山几乎战败，在潼关险些丧命，然后才得僭称尊号于一时罢了。何况我的才能薄弱，却想不经历艰危而能平定天下，这是我对非议北伐所不理解的第三点。

曹操五次攻打昌霸不能取胜，四次强渡巢湖没有成功，任用李服而李服图谋他，委任夏侯渊而夏侯渊兵败身亡。先帝经常称赞曹操能干，但他还有这些失败，何况我才能低劣，怎能一定得胜呢？这是我对非议北伐所不理解的第四点。

自从我来到汉中，这其间有一年了，可是死了赵云、阳群、马玉、阎芝、丁立、白寿、刘郃、邓铜等将领和曲长、屯将七十多人，突将、无前、賨叟、青羌、散骑、武骑一千多人，这都是数十年内聚集的各处精锐力量，不是一州之地所能具有的。如果再过数年，就会损失三分之二，那时该如何去对付敌人？这是我对非议北伐所不理解的第五点。

现在人民穷困、士兵疲劳，但战事又不能停止。既然战事不能停，那么驻防与进攻所耗费的劳力、费用都一样。如果不趁现在去图谋敌人，而竟想用一个州的地方去和曹贼长久相持，这是我对非议北伐所不理解的第六点。

世事很难评断。从前先帝曾在当阳战败，那时候，曹操拍手高兴，认为天下已是他的了。但后来先帝向东联络孙权，向西攻取益州,出师向北征伐,斩了夏侯渊,这正是因曹操失算而复兴汉朝的事业将要成功之时。但后来孙吴违背盟约,关羽战败遇害,先帝秭归受挫,曹丕妄称帝号。事情往往就是这样,很难料测。我只有恭敬谨慎地竭尽力量,到死方休。至于事业的成功失败、顺利困难,那就不是我的才智可以预见的了。

　　蜀汉章武三年(223)，刘备去世。益州郡豪强雍闿作乱，杀死太守正昂。蜀汉政府派张裔(yì)继任太守，竟被雍闿执送吴国孙权，孙权遥署雍闿为永昌郡(郡治在今云南省保山市北)太守，想借此觊觎蜀汉南部地区。永昌郡功曹吕凯、府丞王伉等率领官民坚决抵制，并恳切规劝雍闿归顺蜀汉。为此，诸葛亮平定南方叛乱后，上表推荐吕凯。

　　本文载于陈寿《三国志·蜀志·吕凯传》。

　　永昌郡吏吕凯、府丞王伉等[①]，执忠绝域，十有余年，雍闿、高定逼其东北[②]，而凯等守义不与交通。臣不意永昌风俗敦直乃尔!

---

①吕凯：字季平，永昌郡不韦县(今云南省保山市北)人，初任永昌郡五官掾功曹，因抵制雍闿的叛乱有功，被任为云南郡(郡治在今云南省祥云县)太守，封阳迁亭侯。后在少数民族叛乱时遇害。府丞：太守的属官。王伉：蜀郡(郡治在今四川省成都市)人，初任永昌郡府丞，因抵制雍闿的叛乱有功，被任为永昌郡太守，封亭侯。　②雍

阎：西汉初年被汉高祖刘邦封为什方侯的雍齿的后裔，在益州郡拥有一定的势力。刘备去世，他投降孙权，起兵作乱，后被串通作乱的叟族首领高定部下所杀。

翻译

　　永昌郡官员吕凯、府丞王伉等人，在极远的地区尽忠职守，有十多年了，雍阎、高定侵逼郡的东北部，但吕凯等人坚持正义不与来往。我想不到永昌郡的风俗竟这样敦厚直正！

蜀汉后主建兴九年(231)二月,诸葛亮出兵伐魏,李平(原名李严)负责军粮供应。六月,因雨运粮误期,李平竟派参军狐忠、督军成藩假传圣旨,要诸葛亮退兵。事后,李平故作慌张地说:"军粮饶足,何以便归?"还想杀害督运岑述,以推卸自己的责任。又上表后主,说军队伪退是诱敌作战。一再耍弄花招,妄图蒙混过关。诸葛亮拿出李平前后给他的亲笔书信和给后主的奏表文稿,李平无法狡辩,终于认罪。为此,诸葛亮上表弹劾李平,同时自己也作了检讨。

本文载于陈寿《三国志·蜀志·李严传》。

自先帝崩后,平所在治家①,尚为小惠,安身求名,无忧国之事。 臣当北出,欲得平兵以镇汉中②,平穷难纵横③,无有来意,而求以五郡为巴州刺史。 去年臣欲西征④,欲令平主督汉中,平说司马懿等开府辟召。 臣知平鄙情,欲因行之际逼臣取利也,是以表平子丰督主江州,隆崇其遇,以取一时之务。 平至之日,都委诸事,群臣上下皆怪臣待平之厚也。 正以大事未定，汉室倾危，伐平之短，莫若褒之。 然谓平情在于荣利而已，不意平心颠倒乃尔。 若事稽留，将致祸败，是臣不敏，言多增咎。

---

①平：李平，原名李严，字正方，南阳郡人，曾任荆州牧刘表的秭归县令。曹操入荆州，他投靠益州牧刘璋，被任为护军，受命抵抗刘备入蜀。他率众投降刘备，后任尚书令，与诸葛亮同受遗诏辅助后主刘禅，封都乡侯。诸葛亮北伐时，他运粮误期，竟假传圣旨要诸葛亮退兵，事发后削爵免官，流放梓潼郡（郡治在今四川省梓潼县）。诸葛亮去世，他感到不会再被荐用，忧愤而死。 ②欲得平兵：蜀汉后主建兴八年（230），魏国大司马曹真出兵斜谷（今陕西省眉县西南），大将军司马懿出兵西城（今陕西省安康市西北），左将军张郃出兵子午谷（今陕西省西安市东南到安康市的山谷），三路进攻蜀汉的汉中地区。诸葛亮驻守成固（今陕西省城固县西北），通知李严从江州（今重庆市）率军两万前往汉中。为此，诸葛亮奏请以李平之子李丰为江州都督。 ③纵横：纵其心意，任其自由。 ④西征：指蜀汉后主建兴八年（230）诸葛亮命魏延、吴懿领兵西入羌中。

翻译

自从先帝去世，李平在其管理的地方，还做点好事，立足于求取名位，不关心国家大事。当我率军北伐时，想让李平的军队来镇守汉中，李平却极力作难，没有接受调遣的意思，反而要求划出五个郡给他，让他当巴州刺史。去年我打算西征，想要李平主持汉中事务，李平说司马懿建立府署征聘人才。我知道李平的卑鄙用意，想利用出征的时机逼迫我以获得好处，所以我奏请任命李平的儿子李丰负责江州事务，给以很高的礼遇，以便能迅速完成当时最紧迫的军事部署。李平到达汉中后，什么事都不做，群臣上下都怪我优待李平。我觉得，正由于天下尚未平定，汉家朝廷快要倒坍，指责李平的短处，却不如表扬他。我认为李平的用意不过是追求名利而已，没有料到李平心里是非颠倒竟到了如此地步。如果拖延下去，将会招致灾难。这件事怪我不够明察，现在说多了会更增加我的过错。

弹廖立表

　　廖立有一定的才能，曾被诸葛亮誉为"楚之良材"，和庞统相提并论。但他不是用自己的才能去"赞兴世业"，而是计较名位。他自认为该是诸葛亮的副手，但职务却在李严之下，因此心怀不满；而且目中无人，从刘备、关羽到向朗、郭攸之等人，他都任意指责。当时，蜀汉对外是大敌当前，对内是百废待举，需要同心协力，共济时艰。廖立的表现，当然令人不能容忍，诸葛亮为此予以弹劾。

　　本文载于陈寿《三国志·蜀志·廖立传》。

　　长水校尉廖立①，坐自贵大，臧否群士②，公言国家不任贤达而任俗吏，又言万人率者皆小子也。 诽谤先帝③，疵毁众臣。 人有言国家兵众简练，部伍分明者，立举头视屋，愤咤作色曰④："何足言！"凡如是者不可胜数。 羊之乱群，犹能为害，况立托在大位，中人以下识真伪邪？

---

①长水校尉：汉朝武官名。长水是当时西北地区一支少数民族的名

称,长水校尉管理长水的骑兵。校尉的职位在将军之下,第四品,其下设置司马、功曹、主簿等属官。廖立:字公渊,武陵郡临沅县(今湖南省常德市西)人。汉献帝建安十四年(209),刘备领荆州牧,提拔他为长沙郡(郡治在今湖南省长沙市)太守。建安二十年(215),孙权派吕蒙前来袭击,他弃郡逃走,刘备没有深加指责,复任为巴郡(郡治在今重庆市)太守。后主时,任长水校尉,因言行错误被诸葛亮弹劾,免职为民,流放汶山郡(郡治在今四川省汶川县西南)。诸葛亮去世,他流泪叹息,认为不会再有人任用他了。　②臧否(zāng pǐ):褒贬,批评。　③先帝:指刘备。　④咤(zhà):怒声。

翻译

　　长水校尉廖立,妄自尊贵高大,对文武百官评长道短,公然说国家不任用有德才者而任用平庸的官员,又说统领万人的将帅都是些无能的毛孩子。他还诬蔑先帝,诋毁百官。有人说国家的军队经过挑选训练,队伍齐整,廖立抬头看着屋顶,脸都变了色,气愤地大声说:"不值得一提!"像这样的事他不知有多少。乱群的羊,尚且能够为害,何况廖立凭借高位,一般的人怎能识别其正确或错误呢?

又弹廖立表

廖立没有忠心报国的思想,工作很不负责,任意诋毁别人,不遵守法令,又嫌自己职位低,只当上长水校尉。诸葛亮对他进行规劝,他毫不接受,竟然怀恨在心,因此诸葛亮再次上表予以弹劾。

本文载于陈寿《三国志·蜀志·廖立传》裴松之注文,引自《诸葛亮集》。

立奉先帝无忠孝之心,守长沙则开门就敌①,领巴郡则有暗昧阘茸其事,随大将军则诽谤讥词②,侍梓宫则挟刃断人头于梓宫之侧③。陛下即位之后,普增职号,立随比为将军。面语臣曰:"我何宜在诸将军中!不表我为卿④,上当在五校⑤!"臣答:"将军者,随大比耳⑥。至于卿者,正方亦未为卿也⑦。且宜处五校。"自是之后,怏怏怀恨。

---

①开门就敌:指汉献帝建安二十年(215),廖立任长沙郡太守,吴将

吕蒙来攻,他不进行抵抗,弃郡逃走。 ②大将军:清朝李慈铭怀疑是"大军"二字。 ③梓宫:皇帝的棺木。 ④卿:古代高级官名。汉朝在三公之下设有九卿,即太常、光禄勋、卫尉、太仆、廷尉、大鸿胪、宗正、大司农、少府,分管中央各部门的工作。 ⑤上:李慈铭怀疑是"止"字。五校:汉朝军队的编制,以屯骑、越骑、步兵、长水、射声为五校,各有千人。统率一校的军官称校尉。 ⑥大比:古代对官吏进行考察或考试叫"比",三年一次的考察,称为大比。 ⑦正方:李严的字。当时李严任中都护,统领内外军事。

翻译

　　廖立侍奉先帝没有忠孝之心,驻守长沙郡竟打开城门让敌人进来,管理巴郡则办事杂乱无章,跟随大将军就诬蔑嘲骂,陪守先帝的灵柩居然在灵柩旁拿刀斩下别人的脑袋。皇上登位后,普遍提升职衔,廖立跟着成为将军。他当面对我说:"我怎适宜在那些将军之中! 不奏请我为卿,却只让我当五校!"我回答说:"将军嘛,是随着考察而定的。至于卿嘛,李严也没有任命为卿。何况你还只适宜当五校。"从此以后,他便怀恨不满。

上事表

蜀汉后主建兴十二年（234）二月，诸葛亮率领十万大军，经斜谷（今陕西省眉县西南）出兵武功五丈原（今陕西省岐山县境），在渭水之南与魏国大将军司马懿对峙。诸葛亮上表报告战事情况。

本文见宋朝李昉等辑《太平御览》卷七十三，又见北魏郦道元《水经注》卷十八。两者文字略有不同，现据《太平御览》本译注。

臣先遣虎步监孟玉据武功水东①，司马懿因水涨，以二十日出骑万人，来攻玉营。臣作车桥②，贼见桥垂成，便引兵退。

---

①虎步监：蜀汉警卫宫廷的军队有虎步兵、虎骑兵。虎步兵设中、左、右三营，由虎步监领导。孟玉：《水经注》作"孟琰（yǎn）"，朱提郡（郡治在今云南省昭通市）人。诸葛亮平定南中叛乱时，他在当地被录用，后参加北伐，官至辅汉将军、虎步监。武功水：即渭水，因流经武功县，故称武功水。　②车桥：可以行车的桥。《水经注》作"竹桥"。

翻译

　　我先派遣虎步监孟玉占领武功水东岸,司马懿因为水涨,在二十日这天出动一万骑兵,前来攻打孟玉的营垒。我架设车桥,敌人看见桥将架成,就带兵撤退了。

祁山表

祁山是古代军事必争之地。它位于甘肃省礼县东部，因地势险要，东汉时在山上建筑城堡（即今祁山堡），极为坚固。魏国的战略是"东置合肥，南守襄阳，西固祁山"，以防备吴国、蜀汉的进攻。民间相传诸葛亮曾"六出祁山"，其实只在蜀汉后主建兴六年（228）和建兴九年（231）两次出兵祁山。根据此《表》内容，这次出兵似是建兴六年。

本文载于北魏郦道元《水经注》卷二十《漾水》。

祁山去沮县五百里①，有民万户。瞩其丘墟②，信为殷矣。

①"祁山"句：这是宋刊《水经注》残本和明朝《永乐大典》本《水经注》的字句，近人王国维校《水经注》本是："祁山县出租五百。"沮（jū）县：故城在今陕西省略阳县东。 ②丘墟：废址、荒地、坟墓。

翻译

　　祁山离沮县五百里,有居民一万户。看见它的废址,确是富庶。

举蒋琬密表

蜀汉后主建兴十二年（234）八月，诸葛亮在武功五丈原与魏国大将军司马懿对阵，积劳成疾，病势沉重，后主刘禅派尚书仆射李福前来慰问，谈及继任人选。诸葛亮认为杨仪心胸狭隘，费祎资历不够；蒋琬忠诚为国，处事干练，度量宽弘，能安定大局，因而推荐他。以后事实证明，蒋琬果然不负所托。

本文载于陈寿《三国志·蜀志·蒋琬传》。

臣若不幸，后事宜以付琬①。

---

①琬：即蒋琬，其生平见前《出师表》注。

翻译

我如果去世，以后国家大事应当托付给蒋琬。

　　诸葛亮忠贞报国,一心为公,清廉自持,生活俭朴。刘备平定益州时,赐给他金五百斤、银千斤、钱五千万、锦千匹。他用这些赏赐购买农田、桑地。东汉末年生产力不高,靠这些田地的收入,约可维持当时一般地主的生活水平,这和其他官僚相比,并不过分。

　　本文载于陈寿《三国志·蜀志·诸葛亮传》,没有标题。清朝严可均辑《全上古三代秦汉三国六朝文》,题为《自表后主》。清朝张澍辑《诸葛忠武侯文集》,题为《临终遗表》,篇首有"伏念臣赋性拙直"等语,后人指出,这和宋朝范纯仁的遗表大同小异,可能是好事者改写掺入。隋朝虞世南辑《北堂书钞》所录,篇首有"臣初奉先帝"等语,未知所本,现均不取。

　　成都有桑八百株,薄田十五顷①,子弟衣食,自有余饶。至于臣在外任,无别调度,随身衣食②,悉仰于官,不别治生,以长尺寸。若臣死之日,不使内有余帛,外有赢财,以负陛下。

①薄田:瘦瘠的田地。顷:一百亩。　②随身:随时需要用的东西。

翻译

　　我在成都有桑八百株,瘦瘠的田地一千五百亩,子弟穿衣吃饭,自然足够有余。我在外领兵作战,没有别的收支安排,所需衣物食用,全靠官府,没有另外经营产业来增加一尺一寸的收入。如果我死的时候,当不让家中有多余的丝绸,身外有多余的财产,以致辜负了皇上。

公文

蜀汉后主建兴九年（231）八月，诸葛亮上表后主刘禅，弹劾都乡侯、中都护李平（原名李严）。由于刘备临终时，托孤于丞相诸葛亮，让尚书令李平为其副手。李平为顾命大臣，对他的失职违法进行处理，不同于其他官吏。为此，诸葛亮和朝廷文武要员商议后，联名给尚书上公函，要求予以惩处。当时的尚书是在皇帝领导下处理政务的官员。

本文载于陈寿《三国志·蜀志·李严传》裴松之注文。

"公文"是古代处理公务的一种文体。

平为大臣，受恩过量，不思忠报，横造无端，危耻不办，迷罔上下，论狱弃科，导人为奸，情狭志狂，若无天地。 自度奸露，嫌心遂生，闻军临至，西向托疾还沮、漳①，军临至沮，复还江阳②，平参军狐忠劝谏乃止。

今篡贼未灭，社稷多难，国事惟和，可以克捷，不可苞含，以危大业。 辄与行中军师车骑将军都乡侯臣刘琰③、使持节前军师征西大将军领凉州刺史南郑侯臣魏延④、前将军都亭侯臣袁綝⑤、左将军领荆州刺史高阳乡侯臣吴壹⑥、督前部右将军玄乡侯臣高翔⑦、督后部后将军安乐亭侯臣吴班⑧、领长史绥军将军臣杨仪⑨、督左部行中监军扬武将军臣邓芝⑩、行前监军征南将军臣刘巴⑪、行中护军偏将军臣费祎⑫、行前护军偏将军汉成亭侯臣许允⑬、行左护军笃信中郎将臣丁咸⑭、行右护军偏将军臣刘敏⑮、行护军征南将军当阳亭侯臣姜维⑯、行中典军讨虏将军臣上官雍⑰、行中参军昭武中郎将臣胡济⑱、行参军建义将军臣阎晏⑲、行参军偏将军臣爨习⑳、行参军裨将军臣杜义㉑、行参军武略中郎将臣杜祺㉒、行参军绥戎都尉臣盛勃㉓、领从事中郎武略中郎将臣樊岐等议㉔，辄解平任，免官禄、节传、印绶、符策㉕，削其爵土。

---

①漳：即漳县，故城在今甘肃省漳县西南。　②江阳：今四川省泸县。卢弼《三国志集解》疑江阳为江州，即今重庆市，因李平原来驻军江州。　③行：代理。中军师：军师的职责是监察军务，有前、后、左、右、中军师。车骑将军：与骠骑将军、卫将军职位相同，均为第二品。其下设置长史、司马等属官。如成立府署，则设置东西阁祭酒、

掾、属。都乡侯:都乡是指城市附近的乡,都乡侯也就是乡侯,不一
定有封地。刘琰(yǎn):字威硕,鲁国(治所在今山东省曲阜市)人。
刘备为豫州牧,任命为从事,入蜀后任固陵郡(即巴东郡,郡治在今
重庆市奉节县东)太守。后主即位,任命为中军师车骑将军,封都乡
侯,地位次于李平,但不参预政事,仅带兵千余人,跟随诸葛亮。因
与魏延不和,被遣回成都,后怀疑其妻与刘禅有私,命士兵痛打其
妻,被判死刑。　④使持节:地方军政官员加使持节称号,有诛杀中
级以下官吏之权。征西大将军:蜀汉设置征南、征西、征北将军,均
为武官第二品,资深的为大将军。领:兼任。刺史:州的行政长官称
刺史,如兼管军事则称州牧。当时凉州为曹魏所有,蜀汉后主建兴
七年(229),蜀汉与孙吴相约,预分天下,魏境的兖、冀、并、凉四州分
属蜀汉,所以蜀汉设置凉州刺史遥领之。南郑侯:封地在南郑(今陕
西汉中南郑)。魏延(?—234):字文长,义阳(今河南省桐柏县东)
人,初以部曲随刘备入蜀,为牙门将军。因勇猛过人,善待士兵,屡
立战功。但过于矜高,与同事不和。诸葛亮去世时,与杨仪争权,兵
败被杀,夷三族。　⑤前将军:蜀汉设置前、左、右、后将军,品位不
详。都亭侯:亭是秦汉时期乡以下的行政单位,每十里设一亭。都
亭是指城市近郊的亭,都亭侯即亭侯,没有封地。袁綝(chēn,又读
lín):生平不详。　⑥吴壹(?—237):字子远,陈留郡(郡治在今河
南省开封市东南)人,随刘焉入蜀,刘璋时为中郎将,带兵在涪(今四
川省绵阳市东)抵抗刘备,后投降,被任为护军讨逆将军。诸葛亮去
世后督师汉中,任车骑将军,领雍州刺史,进封济阳侯。　⑦督前
部:带领营兵的称督,督前部即带领前部兵马。高翔:蜀汉后主建兴
九年(231)五月,高翔与魏延、吴班曾大败司马懿。　⑧吴班:字元

雄,吴壹族弟。刘备时任领军,后主时官至骠骑将军,封绵竹侯。

⑨绥军将军:蜀汉设置,属于杂号将军,位五品。杨仪:字威公,襄阳(今在湖北省)人。汉献帝建安年间,任荆州刺史傅群的主簿,后投靠襄阳太守关羽。刘备为汉中王,任命为尚书。后主时任参军,迁长史,加绥军将军。诸葛亮去世后,自以为应由他执政,但仅担任中军师,于是心怀怨恨,后主建兴十三年(235)被免官为民,流放汉嘉郡(郡治在今四川省雅安市北),又上书诽谤,被捕后自杀。 ⑩中监军:蜀汉设置前、中、后监军,职责与护军相同,但职位在护军之上,军师之下,位四品。扬武将军:蜀汉设置振威、奋威、扬威、扬武将军,均位四品。邓芝(?—251):字伯苗,义阳郡新野(今河南省新野县)人,东汉初年邓禹的后代。刘备入蜀,任郫(pí,今四川成都郫都北)令,后升任广汉(郡治在今四川省广汉市北)太守,入为尚书。后主建兴元年(223)出使吴国,从此孙权绝魏联蜀。诸葛亮去世后,任前军师前将军,领兖州刺史,封阳武亭侯。后主延熙六年(243)任车骑将军,曾平定涪陵(郡治在今重庆市彭水县)的叛乱。 ⑪刘巴:并非曾任刘备尚书令的刘巴,生平不详。 ⑫中护军:蜀汉设置前、后、左、右、中护军、行护军,其职位在参军、典军之上,监军之下。偏将军:职位与裨将军同,均位五品。 ⑬许允:与魏国镇北将军许允并非一人,生平不详。 ⑭笃信中郎将:蜀汉设置掌军、奉车、军议、军师、翰林、副军、笃信、武略、昭武、绥南、武威等中郎将,地位次于将军,位四品。丁咸:生平不详。 ⑮刘敏:曾任左护军扬威将军,与镇北大将军王平一道镇守汉中。后主延熙七年(244)春,魏军十多万人前来进攻,当时蜀汉守兵不满三万,刘敏命令杜祺等出兵据守兴势(今陕西省洋县北),恰巧大将军费祎也带兵从成都赶来,

于是敌人立即撤退,刘敏因功封为云亭侯。　⑯征南将军:应为征西将军。姜维(202—264):字伯约,天水郡冀县(今甘肃省甘谷县东)人,本为魏将。蜀汉后主建兴六年(228),诸葛亮出兵祁山,姜维只好投靠诸葛亮,很受信任,被任为奉义将军,封当阳亭侯,后升为中监军征西将军。诸葛亮去世后任大将军,多次领兵伐魏。后主炎兴元年(263),魏国派钟会、邓艾分兵伐蜀,他坚守剑阁(今四川省剑阁县),因后主刘禅降于邓艾,通知他投降钟会。魏元帝曹奂咸熙元年(264),钟会阴谋叛魏,他伪与联结,拟乘机恢复蜀汉,事败被杀。⑰中典军:蜀汉设置中、后典军,位在参军之上、护军之下,职责是管理军务。讨虏将军:蜀汉设置,属于杂号将军,位五品。上官雍:生平不详。　⑱胡济:字伟度,义阳郡(今河南桐柏东)人,初任诸葛亮主簿,尽忠职守。诸葛亮去世后,任中典军,封成阳亭侯,迁中监军前将军,假节领兖州刺史,官至右骠骑将军。　⑲建义将军:蜀汉设置,属于杂号将军,位五品。阎晏:生平不详。　⑳爨(cuàn)习:建宁郡(郡治在今云南省曲靖市)土著大族,曾任刘璋建伶(故城在今云南省昆明市西北)令。蜀汉后主建兴三年(225)诸葛亮平定南中,他和孟获等人均受诸葛亮任用,后官至领军。　㉑杜义:生平不详。㉒杜祺:南阳郡(郡治在今河南省南阳市)人,后主延熙七年(244),他和刘敏据守兴势山(在今陕西省洋县),迫敌退兵。后任郡守、监军、大将军司马。　㉓绥戎都尉:都尉是辅佐郡守并主管全郡军事的官员,蜀汉在与少数民族邻接的郡设置都尉。盛勃:生平不详。㉔从事中郎:蜀汉丞相官属有从事中郎,处理日常事务。樊岐:生平不详。　㉕节传:即符节和传信,均为汉朝官员身份的凭证。印绶:印玺和绶带。符策:皇帝任命官员的诏书。

翻译

李平身为大臣，受到过分的恩宠，不思尽忠报答，反而毫无道理地放肆造谣，于己有损的事就不做，欺上瞒下，判决案件不依法律，引诱别人做坏事，情操低下且思想狂悖，简直目无天地。他自念所做的坏事可能暴露，于是产生疑意，听说大军将到他的驻地，便借病向西去沮县、漳县，军队将到沮县，他又突然要回到江阳，他的参军狐忠进行规劝之后才停下未走。

现在篡夺天下的敌人还未消灭，国家的困难很多，国家大事要互相合作，才可能取得胜利，决不可姑息养奸，危害国家的事业。现在我会同行中军师车骑将军都乡侯臣刘琰、使持节前军师征西大将军领凉州刺史南郑侯臣魏延、前将军都亭侯臣袁綝、左将军领荆州刺史高阳乡侯臣吴壹、督前部右将军玄乡侯臣高翔、督后部后将军安乐亭侯臣吴班、领长史绥军将军臣杨仪、督左部行中监军扬武将军臣邓芝、行前监军征南将军臣刘巴、行中护军偏将军臣费祎、行前护军偏将军汉成亭侯臣许允、行左护军笃信中郎将臣丁咸、行右护军偏将军臣刘敏、行护军征南将军当阳亭侯臣姜维、行中典军讨虏将军臣上官雍、行中参军昭武中郎将臣胡济、行参军建义将军臣阎晏、行参军偏将军臣爨习、行参军禆将军臣杜义、行参军武略中郎将臣杜祺、行参军绥戎都尉臣盛勃、领从事中郎武略中郎将臣樊岐等商议，应该立即撤掉李平的职务，免去他的官禄、节传、印绶、符策，取消爵位和封地。

奏

上言追尊甘夫人为昭烈皇后

刘备的夫人甘氏,为后主刘禅的生母,当刘备领荆州牧时去世,葬于南郡(郡治在今湖北省江陵县)。蜀汉章武二年(222),追谥为皇思夫人,迁葬成都,未至而刘备去世。诸葛亮按照封建礼法,奏请后主追尊为昭烈皇后,因刘备的谥号为昭烈皇帝。据宋朝苏洵《谥法》解释:"昭德有劳曰昭,有功安民曰烈。"

本文载于陈寿《三国志·蜀志·甘皇后传》。

"上言"即"上书",属于"奏""议"的一种文体,用于向上陈述意见。

皇思夫人履行修仁,淑慎其身。大行皇帝昔在上将,嫔妃作合①,载育圣躬,大命不融。大行皇帝存时,笃义垂恩,念皇思夫人神柩在远飘飘②,特遣使者奉迎。会大行皇帝崩,今皇思夫人神柩以到,又梓宫在道,园陵将成,安厝有期③。臣辄与太常臣赖恭等议④:《礼记》曰⑤:"立爱自亲始,教民孝也;立敬自长始,教民顺也。"不忘其亲所由生也。《春秋》之义⑥,母以子贵。昔

高皇帝追尊太上昭灵夫人为昭灵皇后⑦；孝和皇帝改葬其母梁贵人，尊号曰恭怀皇后⑧；孝愍皇帝亦改葬其母王夫人，尊号曰灵怀皇后⑨。今皇思夫人宜有尊号，以慰寒泉之思⑩。辄与恭等案谥法⑪，宜曰昭烈皇后。《诗》曰⑫："谷则异室，死则同穴。"故昭烈皇后宜与大行皇帝合葬。臣请太尉告宗庙⑬，布露天下，具礼仪别奏。

---

①妃：宋本《三国志》作"配"字，此指皇思夫人。　②飖（yáo）：飘荡。
③厝（cuò）：浅埋，待葬。　④太常：汉朝九卿之一，主管宗庙祭祀、朝廷礼仪，兼管选试博士等事务，后代成为专管祭祀、礼乐之官。
⑤《礼记》：古代各种礼仪论著的选集，相传由西汉戴圣编纂，大抵为孔子弟子及后学所写，是研究我国古代社会、儒家学说和文物制度的重要文献。　⑥《春秋》：相传孔子依据鲁国史书修订而成，始于鲁隐公元年（前722），终于鲁哀公十四年（前481），共242年，为编年体史书，文字简短，据说寓有褒贬之意，后世称为"《春秋》笔法"。
⑦太上：即尊上，这里指汉高祖刘邦的母亲。昭灵皇后：汉高祖五年（前202），追谥其母为昭灵夫人。吕后七年（前181）才尊为昭灵皇后，本文所说有误。　⑧恭怀皇后：梁竦（sǒng）之女，为汉章帝梁贵人，生刘肇。章帝窦皇后无子，心怀妒忌，诬杀梁竦，梁贵人忧惧而死。刘肇即位为汉和帝，于永元九年（97）追尊其母梁贵人为恭怀皇后，改葬于西陵。　⑨孝愍皇帝：即汉献帝刘协。献帝延康元年

(220)曹丕篡汉,刘备在蜀听说刘协遇害,于是追尊为孝愍皇帝。其实刘协在魏文帝曹丕青龙二年(234)才去世,被魏国谥为孝献皇帝。灵怀皇后:汉灵帝王夫人(范晔《后汉书》作"王美人"),于光和四年(181)生刘协,王夫人被灵帝何皇后毒死。刘协即位为汉献帝,于兴平元年(194)追尊其母王夫人为灵怀皇后,改葬于文昭陵。　⑩寒泉之思:孝子对母亲的思念。出自《诗·邶风·凯风》:"爰有寒泉,在浚之下。有子七人,母氏劳苦。"　⑪谥法:古代帝王、贵族、大臣死后,依其生前事迹给予称号的法则。始于周朝,秦废除,汉以后继续奉行,至清末止。北宋苏洵奉诏把前人有关这方面的著作加以删订考证,成《谥法》四卷。　⑫《诗》:即《诗经》,中国最早的诗歌总集,收录周初至春秋中期的作品三百零五篇,对我国两千多年来的文学发展有深广影响。"谷则异室,死则同穴",出自《诗·王风·大车》。　⑬太尉:汉朝的全国军事领导人,与司徒、司空并称三公(最高军政官员)。后代逐渐变为加官,并无实权。宗庙:帝王、诸侯祭祀祖宗的祠宇。

翻译

皇思夫人奉行仁德,为人和善谨慎。大行皇帝过去担任统帅时,和皇思夫人婚配,养育了皇上,可惜她寿命不长。大行皇帝在世时,恩义深厚,想起皇思夫人的灵柩在外地不够安稳,特别派遣使者前往迁移。适逢大行皇帝去世,现在皇思夫人的灵柩已到,且大行皇帝的灵柩正在途中,陵墓即将建成,安葬的日期快到。我立即和太常赖恭等人商议,《礼记》说:"施行仁爱从对亲人开

上言追尊甘夫人为昭烈皇后

始,可以教育人民孝道;履行恭敬从对尊长开始,可以教育人民顺从。"人是不应该忘记生养自己的亲人的。按《春秋》的义理,母亲是凭儿子的尊荣而显贵的。从前高皇帝追尊母亲昭灵夫人为昭灵皇后;孝和皇帝改葬他的母亲梁贵人,尊称为恭怀皇后;孝愍皇帝也改葬他的母亲王夫人,尊称为灵怀皇后。现在皇思夫人也应该有个尊称,以表示对九泉之下她的亡灵的思念、安慰。我立即和赖恭等人依照谥法,认为应称她为昭烈皇后。《诗经》上说:"生前分住两处,死后葬在一起。"所以昭烈皇后应该和大行皇帝合葬。我请求命令太尉将此事祭告宗庙,向天下宣布。具体的行礼仪式另外上奏。

疏

街亭自贬疏

蜀汉后主建兴六年(228)春,诸葛亮出兵伐魏,没有采纳众人的意见任用宿将魏延、吴懿等为先锋,而是选拔参军马谡(sù)为先锋。马谡好谈兵法,诸葛亮对他十分器重。刘备临终前对诸葛亮说:"马谡言过其实,不可大用,君其察之!"诸葛亮没有听取这个告诫。

马谡缺乏实战经验,违反诸葛亮的节度,又一再拒绝裨将军王平的规劝,措置失宜,因此在街亭和魏国右将军张郃作战时惨败,以致全线动摇。诸葛亮被迫退兵,为此引咎自责,请求降职三级,以右将军代理丞相。

本文载于陈寿《三国志·蜀志·诸葛亮传》,标题为后人所加。

"疏"是疏通事理、陈述公布的意思。从汉朝开始,成为臣下向君主论事的一种文体。

臣以弱才,叨窃非据,亲秉旄钺以厉三军①,不能训章明法,临事而惧,至有街亭违命之阙②,箕谷不戒之失③,咎皆在臣授任无方。臣明不知人,恤事多暗,《春秋》责帅④,臣职是当。请自

贬三等，以督厥咎。

---

①旄：竿首有牦牛尾的旗，用以指挥军队。钺：大斧。　②街亭：在今甘肃省庄浪县东南。　③箕谷：在今陕西省汉中市汉台区西北。④《春秋》责帅：指《春秋》书中有关于打了败仗要责罚主帅的记载。

翻译

　　我以微薄的才能，窃据了不能胜任的职位，亲自指挥督率三军将士，没有做到遵从规章、严明纪律，遇事戒惧，以致发生马谡在街亭违背命令的过错，赵云、邓芝在箕谷戒备不严的失误，这些错误都在于我用人不当。我没有知人之明，考虑事情常有许多糊涂的地方，按照《春秋》这部经典关于主帅应该对打败仗承担责任的古训，我应该受到责罚。请允许我自动降官三级，来责罚我所犯的错误。

议

蜀汉后主建兴元年(223),魏国司徒华歆、司空王朗、尚书令陈群、太史令许芝、谒者仆射诸葛璋等人,各自写信给诸葛亮,竟然要蜀汉归顺魏国,以为只需通过一纸书信,就可使整个蜀汉不战而降。诸葛亮理所当然地不予复信。对上述人等的狂妄要求,发表《正议》给以痛斥。

本文载于陈寿《三国志·蜀志·诸葛亮传》裴松之注文,引自《诸葛亮集》。

"议"是辨别是非、说明事理的一种文体,在修辞上要避免繁琐雕饰、深奥隐晦。

昔在项羽①,起不由德,虽处华夏②,秉帝者之势,卒就汤镬③,为后永戒。魏不审鉴,今次之矣,免身为幸,戒在子孙。而二三子各以耆艾之齿④,承伪指而进书,有若崇、竦称莽之功⑤,亦将逼于元祸苟免者邪!

昔世祖之创迹旧基⑥,奋赢卒数千,摧莽强旅四十余万于昆阳之郊⑦。夫据道讨淫,不在众寡。及至孟德⑧,以其谲胜之力,举数十万之师,救张郃于阳平⑨，势穷虑悔，仅能自脱，辱其锋锐之众，遂丧汉中之地，深知神器不可妄获，旋还未至，感毒而死。子桓淫逸⑩，继之以篡。纵使二三子多逞苏、张诡靡之说⑪，奉进骓兜滔天之辞⑫，欲以诬毁唐帝⑬，讽解禹、稷⑭，所谓徒丧文藻、烦劳翰墨者矣！夫大人君子之所不为也。

又，《军诫》曰⑮："万人必死，横行天下。"昔轩辕氏整卒数万⑯，制四方，定海内，况以数十万之众，据正道而临有罪，可得干拟者哉！

---

①项羽：即项籍。　②华夏：中国的古称，这里指中原地区。　③汤镬(huò)：古代的酷刑，把人放在大镬中煮死。项羽战败被杀，因此这里作处死解。　④耆(qí)：六十岁。艾：五十岁。　⑤崇：指西汉末年大司徒司直陈崇。竦(sǒng)：指西汉末年博通士张竦。这两人为蓄意篡夺西汉政权的王莽歌功颂德。王莽(前45—23)：字巨君，以外戚掌权，汉成帝时封新都侯，汉平帝元始五年(5)毒死平帝，自称假皇帝；三年后称帝，改国号为"新"，年号"始建国"。他统治期间，多次改变币制，引起经济混乱；又经常改变官制，法令苛细，赋役繁重，后在绿林农民起义军攻入京城长安时被杀。　⑥世祖：即刘秀(前6—57)，字文叔，南阳郡蔡阳(今湖北省枣阳市西南)人，西汉皇族。王莽末年农民大起义，他和兄刘縯(yǎn)起兵，加入绿林起义军。王莽地皇四年(23)，以恢复汉朝为号召，力量逐渐壮大。公元

25年建立东汉王朝,年号"建武",史称光武帝。 ⑦昆阳:在今河南省叶县北。王莽于地皇四年(23)三月派司徒王寻、大司空王邑率领大军四十二万(号称百万),包围在昆阳的绿林起义军。起义军首领王凤率士兵八九千人坚守昆阳,刘秀等十多人黑夜突围求援。六月,各地起义军一万多人前来援救。刘秀以勇士三千突破敌军中坚,杀死王寻。各军奋勇作战,城内守军也乘机出击,内外夹攻,歼灭了敌军主力。这是我国历史上一次以弱胜强的著名战役。 ⑧孟德:即曹操。 ⑨阳平:即阳平关,故址在今陕西省勉县西向马河入汉水处,为汉中盆地西边门户。汉献帝建安二十四年(219)春,刘备与曹操部将夏侯渊、张郃在此激战,击杀夏侯渊。曹操亲率大军前来援救张郃,刘备据险固守,曹军士兵多有逃亡,曹操只好退兵。 ⑩子桓:即曹丕。 ⑪苏:苏秦,字季子,战国时代东周洛阳(今河南省洛阳市东)人。奉燕昭王命入齐,从事反间活动,齐湣(mǐn)王末年被任为齐相,曾劝说齐、燕、魏、赵、韩五国合纵攻打秦国,迫使秦昭王废除帝号,归还侵占魏、韩的一部分领土,齐国乘机击灭宋国。后来燕将乐毅联合五国攻打齐国,他的反间活动暴露,遭车裂而死。张:张仪,战国时代魏国贵族的后代,秦惠文君十年(前328)任秦相,迫使魏国献出上郡(郡治在今陕西省榆林市东南)。秦惠文君得以称王。他游说各国服从秦国,瓦解齐、楚联盟,夺取汉中地区。秦武王即位后,他入魏为相,不久即死。苏秦、张仪均为战国时代著名纵横家。 ⑫驩兜(huān dōu):传说中上古时代尧的儿子,又名丹朱,品质恶劣,后来犯罪,自投南海而死。 ⑬唐帝:即唐尧,传说中父系氏族社会后期部落联盟领袖。 ⑭禹:传说中夏后氏部落领袖,姓姒(sì),名文命,治理洪水有功。其子启,建立我国历史上第一个朝代——夏朝。稷:传说中古代周族的始祖,名弃,善于种植各种粮食作物,曾在尧、舜时做农官,教民耕种。 ⑮《军诫》:古代兵法。 ⑯轩辕氏:即黄帝。传说是中原地区各族的共同祖先,姓姬,号轩辕氏、有熊氏,在涿鹿(今河北省涿鹿县东南)击杀蚩(chī)尤,因而被拥戴为部落联盟领袖。据传我国有很多发明创造,如文字、音律、医学、算数、养蚕、舟车等,都创始于黄帝时期。

翻译

从前,项羽势力的兴起不是由于仁德,虽然他据有中原地区,掌握着帝王的权势,终于被杀,成为后世永远的鉴诫。曹魏不考虑借鉴,现在轮到它了。虽然本身幸免于惩罚,但是子孙也应引以为戒。现在有几个人以垂暮之年,秉承僭伪的意旨写信给我,就像陈崇、张竦吹捧王莽的功绩,也不过是大祸来临而苟且求免吧!

从前世祖皇帝在先汉的旧基上中兴帝业,使数千羸弱士兵振奋起来,在昆阳郊外摧毁了王莽强大的四十多万军队。可见依据正道讨伐奸邪,不在人数多少。到了曹操,靠着他以阴诈窃取的权力,带领数十万军队,去阳平关援救张郃,结果陷于窘境而后悔不及,仅能够自己逃脱,他的精锐将士被消灭,因而丧失了汉中地区,这使他深深懂得帝位不能够轻率取得,回去时还未到达许都,便发病而死。曹丕放荡逸乐,接着篡夺帝位。纵使有几个人大肆鼓吹苏秦、张仪那种欺诈虚妄的观点,奉上驩兜那种罪恶滔天的言论,想用来诬蔑诋毁唐尧,讥讽离间夏禹和后稷,不过是徒然浪费文辞、消耗笔墨罢了!品德高尚的人是不干这种事的。

还有,《军诫》说:"万人抱必死之心,可以遍行天下。"从前黄帝训练了几万士兵,制服了四方,安定了国内,何况我们以数十万之多,依据正道而对付罪人,谁能够阻挡呢!

绝盟好议

蜀汉后主建兴七年(229)四月,孙权在武昌称帝,派使者前来通报。这在蜀汉内部引起争议,有人认为孙权称帝属于"僭逆"行为,是对蜀汉正统地位的挑战,应该断绝来往,废除盟好。当时正值诸葛亮第三次北伐,占领了魏国武都(郡治在今甘肃省成县西)、阴平(郡治在今甘肃省文县西北)二郡之后,他没有被胜利冲昏头脑,从政治、军事形势出发,加以分析,认为非但不能和孙权绝交,而且要加强同盟关系。

本文载于陈寿《三国志·蜀志·诸葛亮传》裴松之注文,引自晋朝习凿齿《汉晋春秋》。

权有僭逆之心久矣,国家所以略其衅情者,求掎角之援也①。 今若加显绝,仇我必深,便当移兵东伐,与之角力,须并其土,乃议中原。 彼贤才尚多,将相缉穆,未可一朝定也。 顿兵相持,坐而须老,使北贼得计②,非算之上者。

昔孝文卑辞匈奴③,先帝优与吴盟④,皆应权通变,弘思远益,非匹夫之为忿者也。 今议者咸以权利在鼎足，不能并力。且志望以满，无上岸之情。推此，皆似是而非也。何者？其智力不侔，故限江自保。权之不能越江，犹魏贼之不能渡汉，非力有余而利不取也。

若大军致讨，彼高当分裂其地，以为后规；下当略民广境，示武于内，非端坐者也。若就其不动而睦于我，我之北伐无东顾之忧，河南之众不得尽西⑤，此之为利，亦已深矣。权僭之罪，未宜明也。

---

①掎(jǐ)角：本义为捕鹿时，一人拖住鹿脚，一人握着鹿角。引伸为夹击或牵制敌人。 ②北贼：北方的敌人，指曹魏。 ③孝文：即汉文帝刘恒（前202—前157），他实行"与民休息"的政策，在位时（前180—前157）减轻田租、赋役和刑狱，使农业生产有所恢复发展；削弱诸侯王势力，以巩固中央集权。他认为边疆不宁，是由于自己"德薄"之故。因此在后元二年（前162）六月，同匈奴实行"和亲"。匈奴：中国古族名，又称为胡。秦汉之际，势力强盛，统治了大漠南北地区。汉朝初年不断南下侵扰，汉武帝之前，汉朝基本上采取防御政策。 ④优与吴盟：汉献帝建安十三年（208），刘备在赤壁之战中同吴主孙权结盟，打败了曹操。建安二十年（215），孙权趁刘备在益州，派吕蒙袭夺长沙、零陵、桂阳三郡，刘备亲率大军前来相争，后得知曹操占有汉中，准备侵犯益州，于是同孙权联合。蜀汉章武二年

（222），刘备在吴、蜀夷陵之战失败后，又与孙权恢复和好。　⑤河南：指黄河以南地区，当时在曹魏统治下。

翻译

孙权怀有违礼犯上的念头很久了，我国之所以原谅他那挑衅的表现，是为了求得双方配合来夹击敌人。现在如果公开断绝盟好，孙权必然深深仇视我们，我国便只好派兵去东方征伐，和他较量武力，待到并吞了东吴的土地，才能考虑北伐中原的事情。东吴有才能的人还多，将相又团结合作，并不是能够在短期内战胜的。双方军队相持不下，坐而待老，会使北方敌人的阴谋得以实现，这不是上策。

过去孝文皇帝用谦让的词语对待匈奴，先帝用优厚的条件同吴国结盟，都是适应形势而随机变化，从大处着想来考虑长远利益，不像普通平民那样去逞一时之忿。现在议论的人都认为三分天下只会对孙权有利，他不可能和我们合成一股力量，况且其愿望既已满足，就难再有渡江北上的心思。这种推论，都似是而非。为什么呢？因为他的智慧、力量与曹魏并不相等，因此只能以长江为界来自保。孙权不能越过长江，就好像曹贼不能渡过汉水一样，并非力量有余而不去获取利益。

如果我们的大军讨伐曹魏，孙权的上策是割据曹魏的土地，然后再作进一步打算；下策是掳掠曹魏的人口和扩大边境，以此向国内显示武力，所以绝不会安坐不动。即使他不出兵而仅与我和睦相处,我们北伐就没有东顾的忧虑,曹魏在黄河以南的军队也就不能全部调来西境,就是这样的好处,也已经很大了。因此,孙权违礼犯上的罪行,不宜公开声讨。

书

蜀汉立国时，诸葛亮担任丞相，严刑峻法，引起某些人的不满。法正规劝说："从前高祖进入关中地区，约法三章（杀人者死，伤人及盗抵罪），秦国的老百姓怀念仁德。现在你凭借武力，占据一州之地，建国伊始，未施恩惠；而且外地人对待当地人，应该屈己相从，希望缓施刑罚放宽禁令，来安抚大家。"对此，诸葛亮给予正确的回答。

本文载于陈寿《三国志·蜀志·诸葛亮传》裴松之注文，引自晋朝孙盛《蜀记》。

"书"是信牍一类的文件，古代称信件为"书"，而称送"书"的人为"信"。

君知其一，未知其二。秦以无道，政苛民怨，匹夫大呼，天下土崩，高祖因之①，可以弘济。刘璋暗弱，自焉已来有累世之恩②，文法羁縻③，互相承奉，德政不举，威刑不肃。蜀土人士④，专权自恣，君臣之道，渐以陵替。宠之以位，位极则贱；顺之以恩，恩竭则慢。所以致弊，

实由于此。 吾今威之以法，法行则知恩；限之以爵，爵加则知荣。 恩荣并济，上下有节。 为治之要，于斯而著。

---

① 高祖：汉高祖刘邦。 ② 焉：刘焉（？—194），字君郎，江夏郡竟陵县（今湖北省潜江市西北）人，汉朝宗室，东汉灵帝时任益州牧，封阳城侯，后病故，其子刘璋继任益州牧。 ③ 羁縻（jī mí）：拘束，笼络。 ④ 蜀：此处泛指当时的益州。

翻译

您只知其一，不知其二。秦朝所为不合正道，施政苛暴，百姓怨恨，一人大声疾呼，全国政权就土崩瓦解，高祖趁这时机，取得很大成就。刘璋昏庸懦弱，自其父刘焉以来，两代施恩于下，仅靠文书、法令的牵制，维系上下关系，没有良好的政治，没有严明的刑罚。蜀地的人士，揽权放纵，君主与臣下之间的关系，逐渐废弛。宠爱而授以职位，职位到顶则会出现不以职位为贵的现象；顺意而施以恩惠，恩惠已尽则会萌生怠慢的心态。所以产生流弊，原因就在这里。我现在用严刑峻法去震慑他们，法令实行后他们就知道什么是恩惠；严格限制封赏爵禄，一旦加官晋爵他们才知道什么是尊荣。恩惠、尊荣同时采用，互为补充，上下之间有了法度和秩序，施政的要领，就从这里显示出来。

答关羽书

汉献帝建安十九年(214),马超从汉中来投靠刘备。当时刘备正围攻成都,马超领兵来到,刘璋很快就投降了。刘备任命马超为平西将军,封前都亭侯。关羽听说马超前来投靠,因过去并非朋友,便写信给诸葛亮,了解马超的才能可以和谁相比。诸葛亮知道关羽有护短的缺点,于是写了这封很得体的回信,关羽收到信后高兴得拿给众人传阅。

本文载于陈寿《三国志·蜀志·关羽传》。

孟起兼资文武①,雄烈过人,一世之杰,黥、彭之徒②,当与益德并驱争先③,犹未及髯之绝伦逸群也④。

---

①孟起:即马超(176—222),右扶风茂陵(今陕西省兴平市东北)人。汉灵帝末年,随父马腾起兵。汉献帝时,任偏将军,封都亭侯,领马腾部曲。献帝建安十六年(211),在潼关与曹操作战,大败,退据凉州,为杨阜等所逐,依附张鲁。后归刘备,任左将军。蜀汉建立,迁骠骑将军,领凉州牧,封斄(lí)乡侯。　②黥:即英布(?—前195),

六县(今安徽省六安市东北)人。曾犯法被黥面,故被人称为黥布。秦末聚众起义,隶属项羽,作战常为前锋,封九江王。在楚汉战争中投靠刘邦,封淮南王。汉朝初年,由于彭越、韩信等功臣相继为刘邦所杀,因而起兵,后兵败被杀。彭:即彭越(? —前 196),字仲,昌邑(今山东省金乡县西北)人。秦末聚众起义,楚汉战争时投靠刘邦,平定梁地(今河南省东南部),多次断绝项羽粮道,封梁王。汉朝初年,因被告发谋反,为刘邦所杀。 ③益德:即张飞(? —221),涿郡(郡治在今河北省涿州市)人。从刘备起兵,破吕布,任中郎将,刘备在当阳县长坂被曹操击败,他率领二十名骑兵掩护撤退,敌军不敢追击。赤壁之战后,任宜都太守、征虏将军,封新亭侯。随诸葛亮入蜀,战功卓著。蜀汉建国,迁车骑将军,领司隶校尉,进封西乡侯。刘备攻吴,他临行时为部将刺死。 ④髯(rán):两颊上的胡子。这里指关羽,因关羽有两腮大胡子,故诸葛亮戏称为髯。所以后来历史小说中称关羽为美髯公。

翻译

　　马超兼有文武两方面的才能,威武刚毅超过常人,算得上是一代豪杰,是与英布、彭越相类似的人物。他可以和张飞一起争个先后,但还赶不上您美髯公那样盖世超群。

蜀汉后主建兴二年（224），丞相诸葛亮兼任益州牧，广泛罗致人才，聘请杜微担任主簿，负责文书等事务。他坚决推辞，其后诸葛亮只得派车去迎接。诸葛亮和他会见时，由于他耳聋，只好书面笔谈。

杜微字国辅，梓潼郡涪县（今四川省绵阳市东）人，刘璋任命为从事，后因病去职。刘备平定益州，他强调耳聋，经常闭门不出。

本文载于陈寿《三国志·蜀志·杜微传》。

服闻德行，饥渴历时，清浊异流，无缘咨靓。王元泰、李伯仁、王文仪、杨季休、丁君干、李永南兄弟、文仲宝等[1]，每叹高志，未见如旧。

猥以空虚，统领贵州，德薄任重，惨惨忧虑。朝廷今年始十八，天资仁敏，爱德下士。天下之人思慕汉室，欲与君因天顺民，辅此明主，以隆季兴之功，著勋于竹帛也。以谓贤愚不相为谋，故自割绝，守劳而已，不图自屈也。

①王元泰：名谋，汉嘉郡（郡治在今四川雅安市北）人。刘璋时任巴郡太守，后为益州治中从事。刘备自立为汉中王，他任少府。后主时任太常，封关内侯。李伯仁：事迹不详。王文仪：名连，南阳郡人，刘璋时任梓潼（今四川梓潼县）令。刘备时任司监校尉，成绩显著，后迁蜀郡太守、兴业将军。后主时任屯骑校尉兼丞相长史，封平阳亭侯。杨季休：名洪，犍（qián）为郡武阳（今四川眉山市彭山区东）人，刘备时任蜀郡太守，后为益州治中从事。后主时封关内侯，复为蜀郡太守、忠节将军。丁君干：事迹不详。清朝钱大昕（xīn）疑是丁立，丁立事迹亦不详。李永南：名邵，广汉郡郪（qī）县（今四川三台县南）人，刘备时为益州书佐部从事。后主时任西曹掾，后为治中从事。李永南之兄李邈，字汉南，刘璋时为牛鞞（bǐng，今四川简阳市西）长。刘备时为益州从事，后主时任犍为太守、丞相参军、全汉将军。文仲宝：名恭，刘备时任益州治中。

翻译

　　敬闻您的道德品行，多时以来渴望相见，只因所走的道路不同，没有机会拜访求教。王元泰、李伯仁、王文仪、杨季休、丁君干、李永南兄弟、文仲宝等人，经常称赞您的高尚志向，所以虽未相见却有如旧交。

　　我以空疏的才能，领导你们益州这地方，我感到自己德行浅薄而责任重大，心中甚为忧虑。主公今年才十八岁，天性仁厚聪明,爱好美德和下交贤士。普天下的人民都仰慕我大汉,我想和您一起依据天意顺应民心,辅助这位贤明的主公,来扩展振兴汉室的事业,把勋劳载入史册。假如您认为贤士和愚者不能共事,所以与世隔绝,安于劳困,难道没有想到这样做是委屈了自己吗?

答杜微书

杜微会见诸葛亮之后,表示感谢,但坚持自己年老多病,要求回归故里。诸葛亮任命他为谏议大夫,同意了他的要求,并以诚恳的态度书面作出答复。

本文载于陈寿《三国志·蜀志·杜微传》。

曹丕篡弑,自立为帝,是犹土龙刍狗之有名也①,欲与群贤因其邪伪,以正道灭之。怪君未有相诲,便欲求还于山野。

丕又大兴劳役②,以向吴、楚③。今因丕多务,且以闭境勤农,育养民物,并治甲兵,以待其挫,然后伐之,可使兵不战、民不劳而天下定也。君但当以德辅时耳,不责君军事,何为汲汲欲求去乎!

----

①土龙:用泥土塑造的龙,古代用以求雨。刍狗:用干草扎制的狗,古代用以祭神。 ②大兴劳役:指蜀汉先主章武二年(222)九月,魏文帝曹丕派大军分三路进攻孙权:征东大将军曹休出洞口(在今安

徽省和县），大将军曹仁出濡（rú）须（在今安徽巢湖市），上军大将军曹真等围攻南郡（郡治在今湖北省公安县），孙权分兵抵御。次年二月，魏国全面退兵。蜀汉后主建兴二年（224）八月，魏文帝曹丕大举伐吴，至广陵（今江苏省扬州市），得知孙权已有戒备，于是退兵。

③吴：今安徽、江苏、浙江一部分地区。楚：今湖北、湖南、安徽等地。这里的吴、楚指孙权辖区。

翻译

　　曹丕篡国弑主，自称皇帝，就好像用泥土塑造的龙、用干草扎制的狗那样徒有其名。我想和众多贤士趁他的邪恶奸伪暴露于世，用正理去消灭他。奇怪的是您没有给我以教导，便要求回到山间田野。

　　曹丕又大肆征调苦役，指向吴、楚地区。现在趁着曹丕多事之秋，我们正好可以安守境内努力发展农业生产，抚养人民增殖财物，同时制造武器训练军队，等待他遇到挫折的时候，然后进行讨伐，这样，可以使士兵不经战斗、人民不用劳苦而平定天下。您只要用自己的德行来匡救时弊就行了，并不要求您承担军旅事务，为什么急于要回去呢？

与刘巴书

汉献帝建安十三年(208)九月,曹操进占荆州,刘巴投靠曹操,被派去招降长沙、零陵、桂阳三郡。曹操在赤壁之战中败退。这年十二月,刘备占有长沙等三郡,刘巴逃往交州(治所在今广州),后来想回北方,途中写信给诸葛亮,诸葛亮复信劝他归附刘备。

刘巴(? —222),字子初,零陵郡烝阳县(今湖南省衡阳市西)人。由于诸葛亮的推荐,刘备任命他为左将军西曹掾。建安二十四年(219),刘备为汉中王,他任尚书,后任尚书令。

本文载于陈寿《三国志·蜀志·刘巴传》裴松之注文,引自晋朝司马彪《零陵先贤传》。

刘公雄才盖世①,据有荆土,莫不归德,天人去就,已可知矣,足下欲何之?

---

①刘公:指刘备,当时任荆州牧。

翻译

　　刘公的英雄才干出类拔萃，占有荆州大片土地，人们对于他的德义没有不归服的。天意和人心所向，已经可以知道了。您还想去哪里呢？

答李严书

蜀汉后主时,诸葛亮担任丞相,李严劝诸葛亮接受九锡,这是天子给大臣的最高礼遇,即赐车马、衣服、乐器、朱户、纳陛、虎贲(bēn)百人、铁钺(fū yuè)、弓矢、秬鬯(jù chàng),并进爵称王。对此,诸葛亮颇不以为然,复信表示拒绝。从这里可见诸葛亮不追求个人名位利禄,而把国家大事放在首位的思想作风。

本文载于陈寿《三国志·蜀志·李严传》裴松之注文,引自《诸葛亮集》。

吾与足下相知久矣,可不复相解! 足下方诲以光国,戒之以勿拘之道,是以未得默已。

吾本东方下士①,误用于先帝,位极人臣,禄赐百亿。 今讨贼未效,知己未答,而方宠齐、晋②,坐自贵大,非其义也。 若灭魏斩叡③,帝还故居,与诸子并升,虽十命可受④,况于九邪!

①东方下士:诸葛亮是徐州琅玡郡阳都县(今山东省沂南县)人,在蜀汉之东,故以此自称。 ②齐:齐桓公(? —前643),姓姜,名小

白,公元前 685 年—前 643 年在位,以"尊王攘夷"相号召,制止戎、狄对中原的进攻,还平定东周王室的内乱。晋:晋文公(前 697—前 628),姓姬,名重耳,公元前 636 年—前 628 年在位,以"尊王"相号召,曾平定东周王室内乱,迎接周襄王复位。 ③叡:即魏明帝曹叡(205—239),字元仲,魏文帝曹丕之子,公元 227 年—239 年在位。 ④十命:我国古代帝王对臣下没有这种赏赐,清朝何焯认为这是过激之辞。

翻译

我和您相识很久了,难道还不互相了解!您现在教导我要振兴国家,规劝我不要拘谨于常规,所以我不能沉默无言。

我原是东方下愚之人,得到先帝过分的信任,职位达到人臣的顶点,俸禄赏赐有百亿之多。现在讨伐敌人还没有成效,知己尚未报答,然而却要和齐桓公、晋文公比美荣耀,徒然自称尊贵,这是不适宜的。如果消灭魏国杀了曹叡,皇帝回到原来的都城,我和你们一起提升,即使是十命也可以接受,何况是九锡呢!

又与李严书

诸葛亮为官清廉。刘备平定益州时，赏赐功臣，他用赏赐所得买了一份田地，因当时生产力不高，田地的收入有限，所以他的家人生活并不阔绰。由于诸葛亮以身作则，蜀汉一般官吏不敢公然贪污，均在不同程度上忠勤职守，节俭成风，这对蜀汉人民是有好处的。

本文载于隋朝虞世南辑《北堂书钞》卷三十八。

吾受赐八十万斛^①，今蓄财无余，妾无副服^②。

---

①斛(hú)：古代以十斗为一斛，后改为五斗一斛。 ②妾：正妻之外的妻子，俗称小老婆。又，古代妇女自己谦称为妾。

翻译

我得到赏赐八十万斛，现在没有多余的私财，侍妾没有多余的衣服。

与张裔书

蜀汉后主建兴五年（227），诸葛亮率领大军进驻汉中，准备北伐曹魏，任用张裔为留府长史，在成都处理丞相府中日常事务。张裔虽然聪明能干，但是胸怀狭隘，同司盐校尉岑述矛盾很深。诸葛亮为此写信给以批评。

张裔（？—230），字君嗣，蜀郡成都（今四川省成都市）人。刘璋时任鱼复（今重庆市奉节县东北）长。张飞由荆州进军益州，刘璋派他前往德阳县（今四川县遂宁市东南）陌下抵御，兵败退走。刘备平定益州，任命他为益州郡（郡治在今云南昆明晋宁区东）太守。刘备去世时，南中叛乱，他被益州豪强雍闿缚送孙权。后来诸葛亮派邓芝出使吴国，向孙权提出请求，他才得以回蜀，任参军兼益州治中从事，后任射声校尉兼留府长史。

本文载于陈寿《三国志·蜀志·杨洪传》。

君昔在陌下①，营坏，吾之用心，食不知味。后流迸南海②，相为悲叹，寝不安席。及其来还，委付大任，同奖王室，自以为与君古之石交也③。石交之道，举仇以相益，割骨肉以相明④，犹不相

谢也，况吾但委意于元俭⑤，而君不能忍邪？

---

①陌下：在今四川省遂宁市境，张裔在此被张飞击败。　②南海：这里泛指南方，张裔在南方被雍闿驱逐。　③石交：即古代所谓"金石交"，比喻交谊坚固的朋友。　④割骨肉：意即肝胆相见。　⑤元俭：即岑述，蜀汉司盐校尉。

翻译

您过去在陌下，打了败仗，我十分关注，连进食也不知味道。后来您在南方被驱逐，大家都悲哀叹息，我睡眠也不得安宁。到了您回来的时候，我委任您重要职务，共同辅助朝廷，我自以为和您有古代那种金石之交般的友谊。有了这种交谊，那怕是推荐仇人来给予帮助，割肉剖骨来求得了解，还都无法推辞，何况我只是关心岑述，而您就不能忍受了吗？

与张裔、蒋琬书（一）

蜀汉后主建兴六年（228）春，诸葛亮出兵祁山，曹魏统治的南安（郡治在今甘肃省陇西县东南）、天水（郡治在今甘肃省甘谷县东南）、安定（郡治在今甘肃省镇原县西南）三郡人民纷纷响应，天水太守对其部属姜维等人产生怀疑，私自逃走。姜维只好投奔诸葛亮，受到重用。为此，诸葛亮写信给留府长史张裔、参军蒋琬。

本文载于陈寿《三国志·蜀志·姜维传》。

姜伯约忠勤时事①，思虑精密，考其所有，永南、季常诸人不如也②。 其人，凉州上士也。

---

①姜伯约：即姜维。 ②永南：即李邵。季常：即马良（187—222），字季常，襄阳郡宜城（今湖北省宜城市南）人，刘备为荆州牧，他任从事，后任左将军掾。刘备称帝，他任侍中。刘备进攻孙权，派他联络五溪蛮相助，在夷陵之战时死于军中。

翻译

　　姜维对于国事忠诚勤奋，考虑问题精明细致。我观察他的本领，李邵、马良等人都比不上。这个人是凉州的贤能之士啊。

与张裔、蒋琬书（二）

　　诸葛亮很赏识姜维的军事才能,要他训练皇帝的警卫部队。他写信给留府长史张裔、参军蒋琬,给予姜维高度评价。后来姜维也确实不负所托,诸葛亮病故后,他在大将军蒋琬领导下,多次率军北上。蜀汉后主延熙九年(246)蒋琬去世后,他和大将军费祎共录尚书事,平定了汶山郡(郡治在四川省汶川县西南)平康夷族的叛乱,接着出师伐魏。延熙十六年(253)费祎去世,他任大将军。前后出师伐魏达九次之多。

　　本文载于陈寿《三国志·蜀志·姜维传》。

　　须先教中虎步兵五六千人①。 姜伯约甚敏于军事, 既有胆义, 深解兵意。 此人心存汉室, 而才兼于人, 毕教军事, 当遣诣宫, 觐见主上②。

---

①中虎步兵:即虎步兵中营,为宫廷的警卫部队。　②觐(jìn):朝见。

翻译

　　必须首先训练虎步兵五六千人。姜维很懂军事,既有胆略、忠义,又精通兵法。这个人立志兴复汉朝,而且才能超人,军事训练结束,当派他前来宫廷,朝见主公。

与张裔、蒋琬书（三）

诸葛亮对下属颇有情谊,下属对他也深表关怀。太常赖恭之子、西曹令史赖厷英年早逝,他十分叹惜。他曾亲自批阅公文、簿册,弄到整天大汗不止,主簿杨颙对他进行规劝,认为职务各有分工,不宜自己包揽一切,以致劳累不堪,事情还难以办好。他听了表示感谢。后来杨颙去世,据说他伤心流泪达三天。为此,他写信给留府长史张裔和参军蒋琬,对朝廷人才的损失甚为感叹。

本文载于陈寿《三国志·蜀志·杨戏传》注。

令史失赖厷^①,掾属丧杨颙^②,为朝中损益多矣。

①令史:负责文书的官员。赖厷(gōng):零陵郡(郡治在今湖南省永州市零陵区)人,任丞相府西曹令史,后随诸葛亮进驻汉中时去世。
②掾属:古代僚佐的通称。杨颙(yóng):字子昭,襄阳郡(郡治在今湖北省襄阳市)人,初任巴郡太守,后任丞相府主簿,转为东曹属,负责选拔官员的工作。

翻译

　　令史赖厷去世,掾属杨颙丧亡,朝廷中的损失更多了。

与蒋琬、董允书

蜀汉后主建兴九年（231），李平因罪被削爵免官，流放梓潼。诸葛亮为了总结教训，想起两年前陈震即将出使吴国，曾语重心长地向自己反映李平的思想品质问题，可是自己并不在意，以致后来造成严重损失。为此，他写信给长史蒋琬、侍中董允，并请其转告陈震，表示歉意。

本文载于陈寿《三国志·蜀志·陈震传》。

孝起前临至吴①，为吾说正方腹中有鳞甲②，乡党以为不可近③。吾以为鳞甲者但不当犯之耳，不图复有苏、张之事出于不意④。可使孝起知之。

---

①孝起：即陈震（？—235），南阳郡人。刘备为荆州牧，他任从事。后随刘备入蜀，先后任汶山郡（郡治在今四川汶川县西南）、犍为郡（郡治在今四川眉山市彭山区东）太守。后主时任尚书令，多次出使吴国，封阳城亭侯。前：指蜀汉后主建兴七年（229）。 ②正方：即李严，后改名李平。鳞甲：这里比喻为心怀奸诈。 ③乡党：相传周

朝以五百家为党,二十五党为乡。后用以泛指乡里。　④苏:苏秦。
张:张仪。这里指玩弄纵横捭阖的手段。

翻译

　　陈震前时将要出使吴国,对我说李平心怀巧诈,他的乡人认为不可接近。我认为虽然心怀巧诈,只要不去触犯他就行了。没想到还会有苏秦、张仪那样不讲信义的事情发生,真是出乎意料。这事可让陈震知道。

与孟达书

汉献帝建安十九年（214），孟达被刘备任命为宜都郡（郡治在今湖北省宜都市西北）太守。后因拒绝援助关羽，以致关羽败亡，他害怕受到惩办；又因受到刘封欺侮，于是在汉献帝延康元年（220）率领部曲四千多家投降曹魏，后受魏文帝曹丕的重用，任命为新城郡（郡治在今湖北省房县）太守。蜀汉后主建兴四年（226），魏文帝曹丕去世，孟达的好友魏国尚书令桓阶、征南大将军夏侯尚也先后病故，他认为朝中没有人支持，心存疑惧。就在这时，魏国的李鸿投降蜀汉，向诸葛亮反映："曾遇见孟达，恰好王冲从南方去，说从前孟达逃走时，诸葛亮恨得要杀害孟达的妻子，幸而刘备不同意。孟达完全不相信王冲这番话，他想向您归顺，心情很迫切。"由于诸葛亮平定了南方的叛乱，正准备北伐曹魏，想诱使孟达作为外援，因而写信给他。

本文载于陈寿《三国志·蜀志·费诗传》。

往年南征①，岁末乃还，适与李鸿会于汉阳②，承知消息，慨然永叹，以存足下平素之志，岂徒空托名荣，贵为乖离乎！ 呜呼，孟子③，斯实

刘封侵陵足下④，以伤先主待士之义⑤。

又，鸿道王冲造作虚语⑥，云足下量度吾心，不受冲说。寻表明之言，追平生之好，依依东望，故遣有书。

---

①往年：指蜀汉后主建兴三年(225)平定南方叛乱。　②李鸿：魏国来蜀汉的降吏。汉阳：今贵州省威宁县。　③孟子：即孟达(？—228)，字子敬，后避讳改为子度，扶风郡(郡治在今陕西省兴平市东南)人。原为刘璋部将，奉命与法正去迎接刘备进攻张鲁，随即归附刘备，任宜都郡太守，后投降曹魏，任新城郡太守。魏文帝曹丕去世，孟达想回归蜀汉，多次和诸葛亮通信，被曹魏的魏兴郡(郡治在今陕西省安康市西北)太守申仪告发，只好举兵叛魏，蜀汉和吴国均派援兵前往接应，为魏兵所阻，蜀汉后主建兴六年(228)二月为司马懿所杀。　④刘封(？—219)：本姓寇，长沙郡(郡治在今湖南省长沙市)人。刘备在荆州时养为义子。随刘备入蜀，屡立战功，平定益州后，任副军中郎将。汉献帝建安二十四年(219)与孟达配合，攻占曹魏上庸郡(郡治在今湖北省竹山县西南)，上庸太守申耽及弟申仪投降，升任副军将军。这年关羽围攻曹魏的樊城、襄阳，要刘封、孟达相助，他们拒绝出兵，后来关羽败亡，刘备对此很愤怒。刘封还欺侮孟达，以致孟达携众降魏。接着申仪、申耽背叛刘封，再归曹魏，刘封兵败退回成都，诸葛亮劝刘备令其自杀。　⑤先主：指刘备。⑥王冲：广汉郡(郡治在今四川省广汉市北)人，在蜀汉任牙门将，受

李严统属,为李严所不满,惧罪而投降曹魏,任乐陵郡(郡治在今山东省乐陵市西南)太守。

翻译

去年我出征南方,年底才回来,恰好在汉阳会见李鸿,才得知您的音信,真令人感慨万千,为之长叹,想起您向来的志愿,岂是仅仅在于虚名虚位,而甘愿背离高尚吗!唉,孟先生,这实在是刘封欺侮了您,有损于先帝礼待贤士的用意。

还有,李鸿谈到王冲捏造假话,说您忖测我的本意,不相信王冲的胡说。我想起您表白心迹的言词,追念往日我们之间的友谊,深情地向东遥望,所以派人送这封信给您。

与步骘书

蜀汉后主建兴十二年（234），诸葛亮率领十万大军，北伐曹魏，并通知吴国同时出兵。这年四月，诸葛亮进驻五丈原。五月，孙权亲率十万大军进攻魏国合肥新城（在今安徽省合肥市西北）；另派陆逊、诸葛瑾带领一万多人进攻襄阳；孙韶、张承进攻广陵郡淮阴（今江苏省淮安市淮阴区）。为此，诸葛亮把进军情况，写信告知吴国骠骑将军步骘（zhì）。

步骘（？—247），字子山，临淮郡淮阴县（今江苏省淮安市淮阴区东南）人。汉献帝建安十五年（210）任交州（州治在今广州市）刺史、立武中郎将。孙权称帝，任骠骑将军，驻守西陵（今湖北省宜昌市东），吴大帝赤乌九年（246）代陆逊为丞相。

本文载于北魏郦道元《水经注》卷十八《渭水》。

仆前军在五丈原，原在武功西十里①。马冢在武功东十余里②，有高势，攻之不便，是以留耳。

①武功：故城在今陕西省武功县西南。　　②马冢：西汉太仆夏侯婴之墓。据传夏侯婴去世，安葬时，马匹来到这里不肯走，卧倒在地上，放声悲鸣，因就地掘土，得一石室，于是安葬，后人称为马冢。见晋朝张华《博物志》。

翻译

　　我前军行至五丈原，五丈原在武功县西十里。马冢在武功县东十多里，地势高，进攻它不方便，所以停下来。

与陆逊书

　　诸葛亮之侄诸葛恪(kè)，在吴国担任左辅都尉，才思敏捷，年少知名。吴主孙权想了解他的本领，任命为节度，其职责是管理军粮。诸葛亮知道后，认为他的性格不宜担任这个职务，便写信给吴将陆逊，请其转告孙权，于是孙权改派诸葛恪带领军队。

　　陆逊(183—245)，字伯言，吴郡吴县华亭(今上海市松江区)人，江南士族，孙策女婿。曾与吕蒙制订袭杀关羽的军事计划。吴国黄武元年(222)，在夷陵之战中大败刘备。黄武七年(228)，在石亭大败魏国扬州牧曹休。曾任荆州牧，久驻武昌(今湖北省鄂州市)，后官至丞相。

　　本文载于陈寿《三国志·吴志·诸葛恪传》裴松之注文，引自晋朝虞溥《江表传》。

　　家兄年老①，而恪性疏②，今使典主粮谷，粮谷军之要最，仆虽在远，窃用不安。足下特为启至尊转之。

---

①家兄：即诸葛瑾(174—241)，字子瑜，琅玡郡阳都县(今山东省沂

南县南)人。吴主孙权的长史,后以绥南将军代吕蒙为南郡(郡治在今湖北省公安县)太守,孙权称帝后任大将军。　②恪:即诸葛恪(203—253),诸葛瑾之子,字元逊。初任骑都尉,转为左辅都尉,曾暂任节度。后任抚越将军兼丹扬郡(郡治在今江苏省南京市)太守,领兵攻打山越族,把山越族一部分人民移至平原地区,并在其青壮年中征兵。吴大帝孙权去世,辅佐会稽王孙亮,任大将军,力主北伐,多次进攻曹魏。吴会稽王建兴二年(253),进攻曹魏新城(在今安徽省合肥市西北)不克,因士卒伤病较多而退兵,不久为皇族孙峻所杀,并夷三族。

翻译

　　我哥哥年老,而诸葛恪天性粗心大意,现在贵国要他主管粮谷,粮谷是军队最重要的东西,我虽然在远方,私下认为不妥。请您特地告诉您的主上调动他的职务。

与孙权书

蜀汉后主建兴十二年(234),诸葛亮北伐曹魏。出师时,他写信给吴主孙权,通知吴国互相配合,分道进军。在此之前,蜀汉后主建兴七年(229)即吴大帝黄龙元年四月,孙权在武昌(今湖北省鄂州市)称帝。六月,蜀汉派卫尉陈震前往祝贺,两国结盟,共同对付实力比较强大的曹魏,从此在军事上往往采取一致的步骤。

本文载于唐朝欧阳询等辑《艺文类聚》。

汉室不幸,王纲失纪,曹贼篡逆①,蔓延及今,皆思剿灭②,未遂同盟。亮受昭烈皇帝寄托之重③,敢不竭力尽忠。今大兵已会于祁山,狂寇将亡于渭水④。伏望执事以同盟之义⑤,命将北征,共靖中原,同匡汉室。书不尽言,万希昭鉴。

①曹贼:指曹操及其继承者。 ②剿(jiǎo):灭绝,征剿。 ③昭烈皇帝:刘备死后的谥号。 ④渭水:黄河最大的支流,发源于甘肃省渭源县鸟鼠山,东向流贯陕西省渭水平原,在潼关县注入黄河。长787公里,有泾河、洛河、千河、灞河等支流。 ⑤执事:在古代,原指

主人身边的侍从。后来在书信中用作敬称，表示尊敬，不敢直接和对方谈话，而请其身边的侍从转达。

翻译

　　汉朝遭到不幸，朝廷政教废弛，曹贼叛逆篡夺帝位，灾难延至今日，我们大家都想消灭叛逆，但还未能结成同盟。我受昭烈皇帝的重大委托，岂敢不全力以赴尽忠报效。现在北伐大军已到达祁山，狂妄的敌人即将被消灭在渭水之滨。敬求您以同盟的情义，派遣将领北伐，共同平定中原，一齐匡复汉朝。信中未能畅谈，万望您洞悉明察。

与兄瑾言赵云烧赤崖阁道书

蜀汉后主建兴六年（228），诸葛亮统领大军北伐，扬言从褒斜栈道（褒水、斜水两河谷）直捣长安。由镇东将军赵云、扬武将军邓芝进据箕谷（在今陕西省汉中市汉台区西北），另派马谡前往街亭（今甘肃省庄浪县东南）。魏明帝曹叡亲往长安镇守，派大将军曹真调集关右诸军堵截赵云、邓芝，另派右将军张郃迎击马谡。由于马谡违背节度，措置失当，因而溃败。与此同时，曹真兵力强大，赵云、邓芝作战不利，只好烧毁栈道，收兵固守。关于栈道的情况，诸葛亮写信告诉其兄诸葛瑾。

本文载于北魏郦道元《水经注》卷二十七《沔水》。

前赵子龙退军[①]，烧坏赤崖以北阁道[②]。缘谷百余里，其阁梁一头入山腹[③]，其一头立柱于水中。今水大而急，不得安柱，此其穷极，不可强也。

---

①赵子龙：即赵云。　②赤崖：又名亦岸，在陕西省汉中市汉台区西北，褒斜栈道经过这里。阁道：即栈道。　③阁梁：阁道中的桥梁。

翻译

　　以前赵云退兵，烧毁了赤崖以北的栈道。沿着山谷的一百多里路，栈道、桥梁的横柱都是有一端嵌入山壁中，另一端放在河中的立柱上。现在水涨流急，不能够竖立支柱，这事很困难，不可以勉强。

与兄瑾言大水赤崖桥阁悉坏书

蜀汉北部的栈道,是在峭岩陡壁上凿孔、架木、铺板而成的架空道路,为联系汉中与巴、蜀的交通要道,在军事上具有十分重要的价值。遇到战火或洪水,栈道易遭毁坏。由于蜀汉和吴国共同对抗实力比较强大的曹魏,彼此唇齿相依,因而蜀汉的栈道问题,吴国相当关注。为此,诸葛亮再把有关栈道的情况,写信告知其兄诸葛瑾。

本文载于北魏郦道元《水经注》卷二十七《沔水》。

顷大水暴出,赤崖以南,桥阁悉坏。 时赵子龙与邓伯苗①,一戌赤崖屯田②,一戌赤崖口,但得缘崖与伯苗相闻而已。

---

①邓伯苗(? —251):名芝,义阳郡新野县(今河南省新野县南)人。刘备平定益州,他任郫(pí)县(今在四川省)令,后升任广汉郡太守,入为尚书。后主建兴元年(223)出使吴国,建议吴蜀结盟共抗曹魏,从此吴国和曹魏断绝交往。后任车骑将军,封阳武亭侯。 ②屯田:这里指军队垦荒种植。

翻译

　　最近大水暴涨,赤崖以南,桥梁、栈道都毁坏了。现在赵云和邓芝,一个驻防在赤崖垦荒种植,一个防守在赤崖口,赵云需要派人沿崖攀登才能和邓芝互通消息。

与兄瑾言大水赤崖桥阁悉坏书

与兄瑾言治绥阳谷书 ▬▬▬▬

蜀汉后主建兴六年（228）五月，魏明帝曹叡派大司
马兼扬州牧曹休率领步骑十万进攻吴国皖城（今安徽省
潜山市），又派司马懿领兵前往江陵（今湖北省江陵县）、
贾逵领兵前往东关（今安徽省巢湖市东南）。八月，曹休
在石亭（今安徽省安庆市附近）被吴国大都督陆逊击溃，
魏国从关中地区调兵东下。十二月，诸葛亮乘机出兵散
关（今陕西省宝鸡市西南），围攻魏国陈仓（今宝鸡市
东）。为此，他把有关情况写信告诉其兄诸葛瑾。

本文载于北魏郦道元《水经注》卷十七《渭水》。

▬▬▬▬▬▬▬▬▬▬▬▬▬▬▬▬

有绥阳小谷①，虽山崖绝险，溪水纵横，难用
行军。昔逻候往来，要道通入。今使前军斫治此
道，以向陈仓，足以扳连贼势，使不得分兵东行
者也②。

────────────────────

①绥阳小谷：在今陕西省宝鸡市东南。　②东行：向东方去。东方
指吴国。

翻译

  绥阳山谷这地方,尽管山崖十分峻峭,溪流交错,行军困难。过去巡逻侦察的人来往,是从一条险要的小路出入的。现在我已派先头部队伐树修路,以便挥师指向陈仓,这样足以牵制敌人的力量,使之不能分兵东去。

与兄瑾论陈震书

蜀汉后主建兴七年（229）四月，吴主孙权在武昌（今湖北省鄂州市）称帝，是为吴大帝，年号改称黄龙。六月，蜀汉派卫尉陈震前往祝贺。由于蜀汉派往吴国的使者，过去多经过郑重挑选，所以这次陈震出使，诸葛亮写信给其兄诸葛瑾，介绍使者情况。

陈震到武昌后，和孙权登坛结盟，划分天下，认为曹魏统治的并、凉、冀、兖四州应属于蜀汉，徐、豫、幽、青四州应属于吴国，司州以函谷关为界。

本文载于陈寿《三国志·蜀志·陈震传》。

孝起忠纯之性^①，老而益笃，及其赞述东、西^②，欢乐和合，有可贵者。

---

①孝起：即陈震。　②东、西：东指吴国，西指蜀汉。

翻译

陈震忠诚纯朴的品性，到老年更加突出，至于他在吴、蜀两国之间受命致意，沟通关系，使彼此欢乐融洽，更有其可贵之处。

与兄瑾言孙松书

蜀汉后主建兴九年(231),即吴大帝黄龙三年,孙权之侄孙松去世。诸葛亮写信给其兄诸葛瑾,表示悼念。

早在汉献帝建安十二年(207),诸葛亮在隆中草庐时就向刘备建议,为了复兴汉室,集中力量对付主要敌人曹操,对外必须"结好孙权"。此后,联孙抗曹是诸葛亮一贯奉行的政策。从这封信中,我们可以看到诸葛亮对孙吴的友好态度和密切关系。

本文载于陈寿《三国志·吴志·宗室传》。

既受东朝厚遇①,依依于子弟。 又,子乔良器②,为之恻怆。 见其所与亮器物,感用流涕。

---

①东朝:指吴国。厚遇:汉献帝建安十三年(208)十月,诸葛亮奉命出使江东,说服孙权与刘备结盟,共同抗击曹操。当时诸葛亮得以和孙权身边的人士广泛接触,并受到礼遇。 ②子乔:即孙松(?—231),孙权弟孙翊(yì)之子,任射声校尉,封都乡侯。他轻财好施,善于和人来往,在吴国公子中和孙权最亲密。

翻译

　　过去我受到吴国优厚的待遇，对孙氏子弟十分怀念。还有，去世的孙松很有才能，我为之悲痛。每当看见他送给我的物品，就伤感得流下眼泪。

与兄瑾言子乔书

诸葛亮当初没有儿子时,要求将诸葛瑾的次子诸葛乔过继为子,诸葛瑾把这事告诉吴主孙权之后,让诸葛乔来到蜀汉。后主建兴五年(227),诸葛亮进驻汉中,准备北伐曹魏,要诸葛乔参加后勤运输,接受磨炼,并把情况写信告知其兄诸葛瑾。次年,诸葛乔去世。

本文载于陈寿《三国志·蜀志·诸葛亮传》裴松之注文,引自《诸葛亮集》。

乔本当还成都①,今诸将子弟皆得传运,思惟宜同荣辱。 今使乔督五六百兵,与诸子弟传于谷中。

---

①乔:诸葛乔(203—228),原是诸葛瑾次子,与兄诸葛恪齐名。人们认为他的才能不及其兄,但品性比其兄好。在蜀汉任驸马都尉,跟随诸葛亮北伐,后主建兴六年(228)去世。其子诸葛攀,任蜀汉行护军、翊武将军。由于后来诸葛恪在吴国被夷三族,没有子孙,而诸葛亮以后有了儿子,因此诸葛攀又成为诸葛瑾的继承人。

翻译

乔儿本来应该回到成都,现在各位将领的子弟都要参加后勤运输,我想应该让他和大家荣辱与共。现在我已派乔儿带领五六百名士兵,和各位将领的子弟在山谷中运输军队粮草。

与兄瑾言子瞻书

蜀汉后主建兴十二年（234），诸葛亮最后一次北伐曹魏，在武功（今陕西省岐山县境）写信给其兄诸葛瑾，谈论亲生儿子诸葛瞻的情况，担心其不能成材。不久，诸葛亮病故。其实这个担心是多余的，因为后来诸葛瞻忠诚报国，不负其父所望。

本文载于陈寿《三国志·蜀志·诸葛亮传》。

瞻今已八岁①，聪慧可爱，嫌其早成，恐不为重器耳。

---

①瞻：诸葛瞻（227—263），字思远，琅玡郡阳都县（今山东省沂南县南）人，诸葛亮长子。蜀汉后主时，尚公主，任骑都尉、羽林中郎将，升射声校尉、尚书仆射（yè），加军师将军，后为行都护、卫将军、平尚书事。后主炎兴元年（263），魏将军邓艾入侵，以"琅玡王"的爵位引诱他投降，他怒斩来使，与长子诸葛尚在绵竹（今四川省绵竹市东南）一道力战阵亡。八岁：按实足年龄计，应为七岁。

翻译

　　瞻儿今年已经八岁，聪明可爱，我嫌他智力成熟过早，恐怕将来成不了大材。

诸葛亮要求自己很严格，对儿子也采取同样的态度。他以政治家的胸怀、战略家的眼光，要求儿子从修身养德做起，志向远大，排除杂念，苦学成才，以便将来开创一番事业。如果得过且过，虚度年华，一事无成，就会懊悔莫及。这信言简意赅，颇为后代所传诵。其中提出的"澹泊明志""宁静致远"，有人甚至奉为座右铭。

诸葛亮之子诸葛瞻，在与魏国征西将军邓艾作战时阵亡。

本文载于宋朝李昉等辑《太平御览》卷四百五十九。

夫君子之行，静以修身，俭以养德，非澹泊无以明志，非宁静无以致远。夫学须静也，才须学也。非学无以广才，非志无以成学。淫慢则不能励精，险躁则不能治性。年与时驰，意与日去，遂成枯落，多不接世，悲守穷庐，将复何及！

翻译

　　一个德才兼备者的操行,是以情绪安宁来涵养心性,以生活朴素来提高品德。不能够恬淡寡欲就不能明确志向,不能够平和安详就不能担当重任。进行学习需要情绪安宁,增长才干需要进行学习。不学习不能增长才干,不立志不能学有所成。放纵怠慢就不能振奋精神,偏激急躁就不能修养心性。这样,年龄随同时光而逝去,意志随同岁月而消失,于是精力衰竭而学识无成,不被社会所接纳,到那时悲哀地守着贫穷之家,即使后悔也来不及了!

又诫子书

诸葛亮教育儿子,不仅要立志远大,苦学成才,而且在生活小节方面,也要注意检点,自我约制,在宴会欢乐时不可任情放纵。

按,诸葛亮去世时,儿子诸葛瞻足龄才七岁,《诫子书》和《又诫子书》的内容,不像是规劝儿童,疑均为伪作。因前人对此未有明确评述,故一并译出。

本文载于宋朝李昉等辑《太平御览》卷四百九十七。

夫酒之设,合礼致情,适体归性,礼终而退,此和之至也。主意未殚,宾有余倦,可以至醉,无致迷乱。

翻译

酒宴的摆设,在于合乎礼节和沟通感情,适应身体和本性的需要,礼节已尽便可退出,这就达到和谐的极点了。主人兴致未衰,客人有些倦意,可以饮到酒醉,但不要弄到昏迷错乱。

诫外生书

汉献帝兴平二年(195),诸葛亮随叔父诸葛玄从豫章郡(郡治在今江西省南昌市)迁居襄阳(今在湖北省)。不久,他的大姐嫁给中庐县(故城在今襄阳市襄州区西南)的望族蒯祺,蒯祺后来是曹操的房陵郡(郡治在今湖北省房县)太守,汉献帝建安二十四年(219)被蜀汉宜都郡(郡治在今湖北省宜都市西北)太守孟达的部下杀害。二姐嫁给襄阳名士庞德公之子庞山民,庞山民后任魏国黄门吏部郎,早卒。其子庞涣,字世文,晋武帝太康年间(280—289)任牂牁郡太守。据此,诸葛亮和他的外甥似难以取得联系,这封信可能是后人伪作。细看文意,也和《诫子书》雷同,但前人对此未有明确评述,因后世传诵,故仍然译出。

本文载于宋朝李昉等辑《太平御览》卷四百五十九。

夫志当存高远,慕先贤,绝情欲,弃疑滞,使庶几之志①,揭然有所存,恻然有所感;忍屈伸,去细碎,广咨问,除嫌吝,虽有淹留,何损于美趣? 何患于不济? 若志不强毅,意不慷慨,徒碌碌滞于俗，默默束于情，永窜伏于凡庸，不免于下流矣。

---

①庶几：古代指所谓贤者。

翻译

　　志向应该保持高尚远大，仰慕前代贤人，摒绝私情邪欲，切勿多疑固执，以便使贤人的志向，鲜明地有所保持，深切地有所感受；要能屈能伸，不为小事烦恼，广泛向人求教，绝不鄙嫌吝啬，虽然得不到升迁，又何损于自己高尚的情趣？何用担心于事业不能成功？如果志向不坚强刚毅，意气不振奋昂扬，徒然随波逐流地局限于尘俗，无所作为地牵制于私情，永远奔走藏身于平庸的人群之中，那就不可避免地会变成没有出息的人了。

答

为法正答或问

汉献帝建安十九年（214），刘备占领益州。当时法正任蜀郡太守、扬武将军，负责管理都城（今四川省成都市）的事务，为刘备出谋划策。他利用职权，报复私怨，擅自杀害数人。有人向诸葛亮提出，应告诉刘备去制止法正的不法行为。尽管诸葛亮与法正的思想作风不同，但在这个问题上还是作出了委婉的回答。对此，后人评论不一。晋朝孙盛认为诸葛亮的答辞不当，理由是："威福自下，亡家害国之道；刑纵于宠，毁政乱理之源。"清朝何焯认为，当时宽待法正乃权宜之计，未可按常规来要求。

本文载于陈寿《三国志·蜀志·法正传》。

"答"是解释别人的疑难，属于"对问""设论"一类的文体。

主公之在公安也①，北畏曹公之强，东惮孙权之逼，近则惧孙夫人生变于肘腋之下②。当斯之时，进退狼跋③，法孝直为之辅翼④，令翻然翱翔，不可复制，如何禁止法正使不得行其意邪！

①主公：古代臣仆对君主的称呼，这里指刘备。公安：在今湖北省公安县东北。 ②孙夫人：孙权之妹。汉献帝建安十四年（209），刘备为荆州牧，年近五十，孙权从政治需要出发，把妹妹嫁给刘备，这时孙夫人才二十多岁，刚猛骄豪，侍婢一百多人，平日都手持戈矛，因而刘备经常心怀戒惧。后来刘备进军益州，孙权派遣大批船只迎妹回吴。 ③狼跋：形容进退不安的样子。 ④法孝直（176—220）：名正，右扶风郿县（今陕西省眉县）人。初时依附益州牧刘璋。刘璋怕张鲁入侵，派法正迎接刘备去进攻张鲁，法正乘机劝说刘备占有益州。刘备占有益州后，法正任蜀郡太守、扬武将军，劝说刘备进占汉中。刘备自立为汉中王，法正任尚书令、护军将军。

翻译

主公在公安的时候，北面畏惧强大的曹操，东边害怕孙权的侵逼，近处则担心孙夫人在身边发生祸变。在那个时候，主公进退受窘，法正辅佐主公，使主公能回旋高飞，不再受到制约。现在怎可以禁止法正使他不能够按自己意志行事呢！

答惜赦

对于犯罪分子必须依法惩办,否则社会不能安宁,人民身受其害,政权的巩固也会被影响。如果不问情由地赦免罪人,犯罪分子将因侥幸心理而肆无忌惮。诸葛亮任丞相时,有人提出他不赦免罪人,他对此作了正确的回答。

本文载于陈寿《三国志·蜀志·后主传》裴松之注文,引自晋朝常璩《华阳国志》。

治世以大德,不以小惠,故匡衡、吴汉不愿为赦①。先帝亦言②,吾周旋陈元方、郑康成间③,每见启告,治乱之道悉矣,曾不语赦也。若刘景升、季玉父子④,岁岁赦宥⑤,何益于治!

---

①匡衡:字稚圭,东海郡承县(今山东省枣庄市)人。汉元帝、成帝时任丞相,封乐安侯。他曾上疏元帝:"大赦之后,奸邪不为衰止,今日大赦,明日犯法。"他认为赦免罪人对施政没有好处。吴汉:字子颜(?—44),南阳郡宛县(今河南省南阳市)人。刘秀起兵时任偏将军,战功很多。东汉政权建立后,任大司马,封广平侯。病危时,东

汉光武帝刘秀征求他的意见，他说："臣愚，无所知识，唯愿陛下慎无赦而已。" ②先帝：即刘备。 ③陈元方：名纪，颖川郡许县（今河南省许昌市东）人。汉献帝时曾任尚书令、大鸿胪。郑康成：名玄（127—200），北海郡高密县（今山东省高密市西）人，东汉经学大师，著述甚多，在整理我国古代文献上颇有贡献。 ④刘景升：即刘表。刘季玉：即刘璋。 ⑤宥（yòu）：宽容，饶恕，原谅。

翻译

治理国事要用大恩大德，不用小恩小惠，所以匡衡、吴汉不主张宽赦罪人。先帝也说过："我从前同陈纪、郑玄等人来往，经常得到他们的启发教导，关于治理乱世的道理他们讲得很详尽，但未曾谈到大赦罪人的事。"像刘表、刘璋父子那样，年年宽赦罪人，对治国有什么好处！

答姜维

蜀汉后主建兴十二年（234）二月，诸葛亮率领十万大军，进驻武功县五丈原（在今陕西省岐山县境），和魏国大将军司马懿对阵，诸葛亮多次挑战，司马懿坚守不出。诸葛亮赠以妇女衣饰，表示侮辱，司马懿故作愤怒，接着派人去魏国京城洛阳，上表求战。魏明帝曹叡任命卫尉辛毗（pí）为军师，拿了符节前来制止出兵。这时，姜维对诸葛亮说："辛毗拿了符节而来，敌人不再出战了。"对此，诸葛亮作出了正确的解答。

本文载于陈寿《三国志·蜀志·诸葛亮传》裴松之注文，引自晋朝习凿齿《汉晋春秋》。

彼本无战情，所以固请战者，以示武于其众耳。将在军，君命有所不受，苟能制吾，岂千里而请战邪！

翻译

他本来没有进行战斗的打算，所以坚决请求作战，只是向他

的部众显示要用武罢了。将领在军中,君王的命令可以有选择地
不接受,如果能够战胜我们,何必要向千里之外的朝廷请求作
战呢!

教

答蒋琬教

蜀汉后主建兴元年（223），丞相诸葛亮成立府署。相府设置东曹，东曹的负责人，正职称东曹掾，副职称东曹属，主管高级官员的选用提拔。诸葛亮任命蒋琬为东曹掾，蒋琬一再谦辞，坚持要让给刘邕、阴化、庞延、廖淳等人担任。为此，诸葛亮希望蒋琬认识这一职务的重要性。

本文载于陈寿《三国志·蜀志·蒋琬传》。

"教"是上级对下级进行规劝、告诫的文体。

思惟背亲舍德，以殄百姓①，众人既不隐于心，实又使远近不解其义，是以君宜显其功举，以明此选之清重也。

---

①殄（tiǎn）：灭绝。

翻译

只想到回避亲故而舍弃有德行的人，就会导致百姓受害，大家既然于心不安，确实又是使朝廷内外的人不了解其中的道理。所以你应该显示自己的功绩才能，来表明选用你是公正谨慎的。

与李丰教

诸葛亮在蜀汉后主建兴九年（231）八月上表后主，要求把都乡侯、中都护李平废为平民。他认为政府要员犯了严重错误，必须绳之以法，否则就会败坏吏治，后果不堪设想。依法处理，目的是惩前毖后，治病救人。除了判以极刑者，必须给以出路，使其有重新做人的希望。为此，诸葛亮怀着深厚的感情，要李平的儿子李丰宽慰李平，改过从善。

本文载于陈寿《三国志·蜀志·李严传》裴松之注。

吾与君父子戮力以奖汉室，此神明所闻，非但人知之也。表都护典汉中①，委君于东关者②，不与人议也。谓至心感动，终始可保，何图中乖乎③！昔楚卿屡绌④，亦乃克复，思道则福，应自然之数也。愿宽慰都护，勤追前阙。今虽解任，形业失故，奴婢宾客百数十人，君以中郎参军居府⑤，方之气类，犹为上家。若都护思负一意，君与公琰推心从事者⑥，否可复通，逝可复还也。详思斯戒，明吾用心。临书长叹，涕泣而已！

①都护:指李平,曾任中都护。典汉中:蜀汉后主建兴八年(230),魏国大司马曹休率领大军分道进攻蜀汉,诸葛亮命令李平(当时名李严)率兵二万由江州(今重庆市)前往汉中。 ②东关:指蜀汉东部重镇,即江州。李平由江州前往汉中时,诸葛亮奏请任命李平之子李丰为江州都督。 ③乖:背戾。这里指李平的犯罪行为。 ④楚卿屡绌(chù):春秋时代,楚庄王三年(前611),楚国大饥,戎人进攻楚国西南部和东南部,庸国率领群蛮也准备进攻楚国。楚国采取主动,派庐戢黎进攻庸国,在庸国的方城(今湖北省竹山县东南)打了败仗,庐戢黎的部下子扬窗被俘。他后来逃脱出来说:"庸国军队很多,楚国应再调大批兵马前来作战。"楚大夫师叔说:"不可,姑且再打下去,敌人骄傲,我们就可取胜。"此后楚军与庸国交锋七战七败。庸国人说:"楚军不堪一击了。"不再设防,最后楚国反攻,消灭了庸国。 ⑤君:指李丰,后主建兴八年(230),任江州都督督军。后官至朱提郡(郡治在今云南省昭通市)太守。中郎:即中郎将。 ⑥公琰:即蒋琬。

翻译

　　我和你父子尽力辅助汉朝,这是天上的神明都清楚的,并不是只为人们所知道。我奏请你父亲李平都护主管汉中,委任你去管辖东部重镇,没有和别人商量。以为诚心可感动人,事情可以善始善终,怎想到会在中途发生变故! 古代楚国官员遭到多次挫败，仍然能够克敌制胜。说明往正道上想就会有善果，这符合必然的规律。希望你安慰都护，要他努力改正过去的错误。现在他虽然被免除官职，权势、家业都和过去有所不同，但奴婢和门客还有一百数十人，你以中郎将、参军的身份在丞相府供职，相比之下，还是上等人家。如果都护能自省前过，一心报国，你和蒋琬能诚心共事，则阻塞了的可以重新通畅，失去了的可以重新获得。望你仔细考虑这些规劝，了解我的用意。我在写这封信时深深叹息，只有流泪而已。

与李丰教

黜来敏教

蜀汉与曹魏势不两立，大敌当前，内部需要团结一致，才能形成坚强的力量。因而一切破坏团结的言行，都可能在内部产生分化瓦解的作用，这就有助于敌人。来敏言行不检，任意放纵，有害团结，影响甚坏，理应免除官职。尽管如此，诸葛亮还是希望他闭门思过，痛改前非。同时自己也做了检讨。

本义载于陈寿《三国志·蜀志·来敏传》裴松之注文，引自《诸葛亮集》。

────────────────

将军来敏对上官显言①："新人有何功德，而夺我荣资与之邪？ 诸人共憎我，何故如是？"敏年老狂悖，生此怨言。 昔成都初定②，议者以为来敏乱群，先帝以新定之际，故遂含容，无所礼用。后刘子初选以为太子家令③，先帝不悦而不忍拒也。 后主［上］即位④，吾暗于知人，遂复擢为将军祭酒⑤，违议者之审见，背先帝所疏外，自谓能以敦厉薄俗，帅之以义。 今既不能，表退职，使闭门思愆。

①来敏:字敬达,义阳郡新野(今河南省新野县)人。刘备入蜀,任典学校尉,后为太子家令。刘禅即位,任虎贲中郎将。后主建兴五年(227),诸葛亮进驻汉中,任将军祭酒、辅军将军,因过失被撤职。诸葛亮去世,先后任大长秋(主管后官事务)、光禄大夫(负责顾问、应对)等职,均以言语过失免官。最后为执慎将军,给予这个称号是使其自知警惕。 ②初定:指汉献帝建安十九年(214),刘备占领益州。 ③刘子初(? —220):名巴,零陵郡烝阳县(今湖南省衡阳市)人,刘备为汉中王,任命他为尚书,后为尚书令。太子家令:负责太子官中的仓谷、饮食等事务。 ④主上:指刘禅。 ⑤将军祭酒:军中顾问。

翻译

　　将军来敏对上级官员公然说:“新来的人有什么功绩、德行,而夺我的荣誉、地位给他们呢? 大家都讨厌我,为什么会这样?”来敏年老放肆无理,竟说出这些埋怨的话。当初刚平定成都时,评议者认为来敏在众人中制造混乱,先帝考虑到社会新近安定,所以就宽容了他,也没有礼聘任用。后来刘子初选用他担任太子家令,先帝尽管不高兴却也不忍心拒绝。后来皇上登基,我没有知人之明,便又提升他为将军祭酒,违背了评议者正确观察的结论,不符合先帝疏远他不予重用的做法,我以为通过督促劝勉就能够改变他那不良的习惯,用正确的道理来引导他。现在既然不能够做到,只得上表奏免他的职务,让他闭门思过。

称姚伷教

蜀汉北伐曹魏,东连孙吴,西和诸戎,南抚夷越,内修政理,迫切需要才智之士去完成繁重的任务。没有人的主观努力,客观条件再好也不能达到目的。所以古今中外的政治家都把人才问题看成是为政的首要问题,诸葛亮自不例外。姚伷能够广泛推荐人才,因而诸葛亮予以赞赏,并鼓励大家都这样做。

本义载于陈寿《三国志·蜀志·杨戏传》注文。

忠益者,莫大于进人;进人者,各务其所尚。今姚掾并存刚柔①,以广文武之用,可谓博雅矣。愿诸掾各希此事,以属其望。

---

①姚掾:即姚伷(zhòu,? —242),字子绪,巴西郡阆中(今四川省阆中市西)人。刘备入蜀,任功曹书佐。后主即位,任广汉郡(郡治在今四川省广汉市北)太守。后主建兴五年(227),诸葛亮进驻汉中,调他到丞相府工作。诸葛亮病故后,任尚书仆射。

翻译

　　对国家忠诚有益的事，最重要的莫过于推荐人才；推荐人才的官员，大都是根据自己的好尚来推荐。现在姚仙能同时推荐刚强和温柔敦厚之士，以增多国家文治、武略方面的材用，他可称得上是学识渊博、品行纯正的了。希望各位部属都来仿效他的这种做法，以满足国家选拔人才的要求。

与群下教

    诸葛亮以一身系蜀汉安危,深知肩荷重任,非博采广纳,不足以成大业。因而遇事经常和部属共同研究,反复讨论,要求大家出谋划策,以便能集思广益,择善而从。他唯恐自己谋国不周,工作中出现疏漏缺失,因而恳切地鼓励别人给他提意见。他除了从道理上说明听取意见的好处外,还树立好的榜样,进行表扬。

    本文载于陈寿《三国志·蜀志·董和传》。

    夫参署者①,集众思、广忠益也。 若远小嫌,难相违覆②,旷阙损矣。 违覆而得中,犹弃弊屦而获珠玉。 然人心苦不能尽,惟徐元直处兹不惑③,又董幼宰参署七年④,事有不至,至于十反,来相启告。 苟能慕元直之十一,幼宰之殷勤,有忠于国,则亮可少过矣。

---

①参署:共同议事。 ②违覆:反复讨论。 ③徐元直:初名福,后改名庶,颍川郡(郡治在今河南省禹州市)人。少年时行侠,替人报仇,被捕后判死刑,为同伙解救得脱。从此刻苦学习,后迁居荆州,

和诸葛亮交谊甚深,所以向刘备推荐诸葛亮。曹操进军荆州,俘获其母,不得已而脱离刘备,依附曹操,官至御史中丞。　④董幼宰:名和,南郡枝江县(今湖北省枝江市东)人。刘璋时任益州郡太守。当时蜀土富实,风俗奢侈,董和朴素节俭,所在移风易俗。刘备入蜀,任掌军中郎将,他与诸葛亮共事,经常提出批评建议,彼此相处融洽。

翻译

共同议事,是为了集中众人智慧,采纳各种有利于国家的意见。如果为了避免微小的嫌疑,而难以互相反复讨论,那错误损失就多了。经过反复讨论而得到适当的办法,就好像丢掉破烂的草鞋而获得珠玉一样。然而人们的心中总是有各种顾虑不能尽情说话,只有徐元直在这方面没有疑惑。还有董幼宰辅助我议事七年,我办事有做得不够之处,他往返十次,前来陈述、建议。假如大家能够仿效到徐元直的十分之一,像董幼宰那样殷勤建言,对国家一片忠诚,那我诸葛亮就可以少犯些过错了。

又与群下教

　　诸葛亮具有卓越的智慧,工作中取得了很大成就,主要的一点是,他广泛听取别人的意见。他以切身体会,说明自己和朋友、同事交往时,得到规劝,对自己有很大的好处。他列举事实,再次要求下属消除顾虑,向自己提意见。并坦率地对自己的弱点做了检讨,恳切地表示自己乐于接受别人的意见。

　　本文载于陈寿《三国志·蜀志·董和传》。

　　昔初交州平①,屡闻得失。后交元直②,勤见启诲。前参事于幼宰③,每言则尽。后从事于伟度④,数有谏止。虽姿性鄙暗,不能悉纳,然与此四子终始好合,亦足以明其不疑于直言也。

---

①州平:即崔州平,博陵郡(郡治在今河北省蠡县南)人,东汉灵帝时太尉崔烈之子、虎贲中郎将崔元平之弟。崔州平在荆州时和诸葛亮很有交情。　②元直:即徐庶。　③幼宰:即董和。　④伟度:即胡济。

翻译

从前我先是和崔州平结交，他多次评议我思想言行上的正确或错误。后来和徐元直结交，经常获得他的启发教导。以前和董幼宰共事时，他对我是言无不尽。后来和胡伟度共事，他多次对我进行规劝。虽然我天分不高、禀性愚昧，不能够完全采纳他们的意见，但是和这四个人从始至终都友好融洽，这也充分说明我对于率直的言论是不存疑忌的。

与参军掾属教

　　诸葛亮认为自己责任重大,能力不足,因此态度非常谦虚,希望大家都畅所欲言,从而能广泛地获取意见。他要求部属像董和那样忠心为国,从工作出发,经常对他进行规劝、帮助,他就可以减少错误。

　　本文载于宋朝李昉等辑《太平御览》卷二百四十九。其中某些词句和《与群下教》《又与群下教》相同,可能是后人编缀而成。

　　任重才轻,故多阙漏。 前参军董幼宰,每言辄尽,数有谏益,虽性鄙薄,不能悉纳。 幼宰参署七年,事有不至,至于十反,未有忠于国如幼宰者。 亮可以少过矣。

翻译

　　我的责任很重而才能薄弱,所以有很多缺点和不足之处。前任参军董幼宰,每次有话便尽情说出,多次对我进行规劝帮助,虽然我天资低下,不能够完全采纳。我和董幼宰共同议事七年,我做事有不够之处,他往返进言多达十次。从来未见过像董幼宰这样忠心报国的人。如果大家都能够这样,那我诸葛亮就可以少些过错了。

劝将士勤攻己阙教

蜀汉后主建兴六年（228）春，诸葛亮亲率大军伐魏，号称二十万，兵分两路：赵云、邓芝进据箕谷（在今陕西省汉中市汉台区西北），牵制敌军；主力北出祁山（在今陕西省礼县祁山堡）。可是先锋马谡措置失宜，在街亭战败；赵云等在箕谷遭遇魏军主力，交战不利，因而全线退兵。为此，诸葛亮向全国公布自己的过失，并要求将士们指出自己的缺点，以便改正错误。这以后，他奖励在战争中立功的将士，抚恤阵亡的将士家属，精简兵将，加强训练，提高士气，因而史称"民忘其败"。

本文载于陈寿《三国志·蜀志·诸葛亮传》裴松之注文，引自晋朝习凿齿《汉晋春秋》。

大军在祁山、箕谷，皆多于贼[①]，而不能破贼，为贼所破者，则此病不在兵少也，在一人耳。

今欲减兵省将，明罚思过，校变通之道于将来[②]。若不能然者，虽兵多何益！自今已后，诸有忠虑于国，但勤攻吾之阙，则事可定，贼可死，功可跷足而待矣[③]。

①皆多于贼：此说值得研究。因为当时诸葛亮的战略部署，是以镇东将军赵云、扬武将军邓芝为疑兵，扬言从斜谷道去攻打长安西面的郿县（今眉县），从而牵制了魏国大将军曹真的主力，魏国关中兵马大部分屯守郿县，所以陈寿《三国志·蜀志·赵云传》说："云、芝兵弱敌强，失利于箕谷。"蜀汉主力进攻祁山，魏国是右将军张郃率兵五万驻防陇右，蜀汉兵力在祁山比敌人多。　②变通之道：为适应情况需要，改变原来的方式方法而不改变原则，以求达到既定目的。　③跷（qiāo）足：抬起脚来。

翻译

　　我们的大军在祁山、箕谷，人数都比敌人多，却不能打败敌人，反被敌人打败，可见这失败的原因不在兵少，而在我这个当主帅的身上。

　　现在我想精简兵将，严明赏罚和检查过失，重新制订策略以适应将来的形势。如果不能这样做，虽然兵多又有什么用处！从今以后，凡是忠心考虑国事的人士，只要经常指出我的缺点错误，那么，北伐大事就可以成功，敌人就可以消灭，功业很快就可以建立了。

令

军令

汉献帝建安十二年（207），刘备恳请诸葛亮辅助自己。当时刘备的军队只有数千人，力量单薄。由于中原地区战乱频仍，人们纷纷前来荆州避难，因而诸葛亮建议整顿荆州的户籍，从中征募兵员。采用这个计策后，刘备增强了实力。

本文载于陈寿《三国志·蜀志·诸葛亮传》裴松之注文，引自魏国鱼豢《魏略》。晋朝司马彪《九州春秋》也有类似记载。

"令"是命令一类的文体。

今荆州非少人也，而著籍者寡，平居发调，则人心不悦。 可语镇南^①，令国中凡有游户，皆使自实，因录以益众可也。

---

①镇南：这里指刘表（142—208），字景升，山阳郡高平（今山东省鱼台县东北）人，东汉皇族。汉献帝初平元年（190）任荆州刺史，后为镇南将军、荆州牧，封成武侯。当时军阀混战，他采取观望的态度，因而荆州地区遭破坏较少，中原人士前来避难的很多。后病死，子

刘琮降于曹操。

翻译

　　现在荆州并非人少，但是登记在户籍上的不多，平时征收赋税和调派兵役，在籍的人们会因为不公平而不高兴。您可以向镇南将军刘表建议，下令辖境内的无籍游民，都必须自行向官府登记，用这种办法可以增加财力和兵众。

法

八阵图法

　　陈寿《三国志·蜀志·诸葛亮传》中说："诸葛亮推演兵法，作八阵图，咸得其要云。"由于从唐朝韦绚《嘉话录》至明朝罗贯中《三国演义》等笔记、历史小说的渲染夸张，诸葛亮的八阵图被蒙上了浓厚的神秘色彩。其实早在战国时期，《孙膑兵法》中就有《八阵》篇，其中提出将领应具备的条件和作战时运用"八阵"之法，要根据敌情、地形配备兵力，确定战法。东汉班固《封燕然山铭》称赞车骑将军窦宪在汉和帝永元元年（89）七月击败匈奴是："勒以八阵，莅以威神。"可见诸葛亮的八阵图，是在总结前人作战经验的基础上，创造性地发展而成的。从西晋至唐初，诸葛亮的八阵图颇受重视，由于各种附会，其后失真。

　　本文载于北魏郦道元《水经注》卷三十三《江水》。原为诸葛亮对"八阵"的评语，标题为后人所加。

　　"法"是介绍行动或制作的规程、条例、模式，以便使人效法的文体。

　　八陈既成①，自今行师，庶不覆败矣。

①陈：同"阵"。八阵是作战时八种不同的布阵。诸葛亮的"八阵"，宋朝王应麟撰《小学绀珠》说是洞当阵、中黄阵、龙腾阵、鸟飞阵、折冲阵、虎翼阵、握机阵、连衡阵。《兵略纂闻》则说是天阵、地阵、风阵、云阵、龙阵、虎阵、鸟阵、蛇阵。在诸葛亮之前，也有好几种"八阵"，名称不一，均见《小学绀珠》。

翻译

上兵作战时八种不同的布阵已训练完成，今后出兵，大概不会遭到覆灭性的惨败了。

作木牛流马法

蜀汉北伐曹魏,要越过川北陕南山区,运输十分不便,所以作战常因粮尽退兵,劳师无功。史称诸葛亮"长于巧思",他必然要改进运输工具。后主建兴九年(231)出兵祁山时,用"木牛"运输军粮;建兴十二年(234)出兵武功五丈原时,用"流马"运输军粮。范文澜《中国通史简编》说,"木牛是一种人力独轮车";"流马是改良的木牛,'前后四脚',即人力四轮车"。其具体制作技术今已失传。

本文载于陈寿《三国志·蜀志·诸葛亮传》裴松之注文,引自《诸葛亮集》。司马光《资治通鉴》胡三省注文引《诸葛亮集》,关于"流马"的记述与裴松之引文多有不同,且文内个别地方难以理解,有人认为其中可能存在脱衍或讹误,故"流马"部分略去不选译。

木牛者,方腹,曲头,一脚四足①,头入领中②,舌著于腹③。载多而行少,宜可大用,不可小使;特行者数十里,群行者二十里也。曲者为牛头,双者为牛脚,横者为牛领,转者为牛

足④，覆者为牛背⑤，方者为牛腹，垂者为牛舌，曲者为牛肋⑥，刻者为牛齿，立者为牛角，细者为牛鞅⑦，摄者为牛鞦轴⑧。牛仰双辕⑨，人行六尺⑩，牛行四步。载一岁粮，日行二十里，而人不大劳。

---

①脚：据范文澜解释是车轮。四足：据范文澜解释是车旁前后的四条支柱。　②领：颈。　③舌：木牛的刹车装置。腹：这里当是车厢。　④牛足：范文澜认为应是牛脚，即车轮。　⑤牛背：这里当是车厢上的盖板或其他覆盖物。　⑥牛肋：原义是牛的胸部两旁长条形骨，这里当是加固车厢两侧的木条。　⑦牛鞅：原义为牛牵引时驾在牛脖子上的工具。　⑧鞦：原义为套车时络在牲畜尾部的革带。轴：圆杆。　⑨辕：原义为车前驾牲畜的两条直木或曲木。　⑩六尺：古代以六尺为一步。

翻译

　　木牛，腹部方形，头部弯曲，一个车轮四条支柱，头可缩入颈部，舌附在腹部。装载多而行动慢，适合运输大量物资，不宜少量运载；单独行走一天数十里，成群行走一天二十里。曲形的是牛头，一对支柱是牛脚，横木是牛颈，转动的车轮是牛足，覆盖的是牛背，方形的是牛腹，垂下的是牛舌，弯曲的是牛肋，有刻痕的是牛齿,竖立的是牛角,细小的皮绳是牛鞅,牵引用的是牛鞦轴。牛上有两条辕木,人走一步,轮转四次。可装载一人一年的用粮,每天走二十里,人不会太劳苦。

作木牛流马法

帖

师徒远涉帖

诸葛亮出兵伐魏,途中行军情况要向朝廷通报。这次出兵,根据行军路线来判断,可能是蜀汉后主建兴十二年(234)二月。

本文载于宋朝李昉等辑《太平御览》。

帖是属于信牍一类的文体。古代写在竹片上的叫"简",写在丝织品上的叫"帖"。"简"和"帖"的文字一般均比较简短。

师徒远涉,道里甚艰,自及褒、斜①,幸皆无恙。使还,驰此,不复具。

---

①褒:褒谷,谷口在陕西省汉中市汉台区北十里。斜:斜谷,谷口在陕西省眉县西南三十里。褒斜道是古道路名,因取道褒水、斜水二河谷而得名。二水均发源于秦岭太白山。褒水注入汉水,斜水注入渭水。

翻译

　　军队远行,途中甚为艰难,从褒谷到斜谷,幸而都没有遭到损失。使者回去,让他飞驰送递此信,就不再另外行文报告了。

论

论交

　　诸葛亮很重视结交朋友。这是由于人们在社会活动中,除了受家庭、学校影响外,朋友的影响也相当重要。择交不慎,会带来可怕的后果。良师益友是人们取得事业成就的因素之一。早在襄阳隐居时,诸葛亮就结识了一批才智卓越之士,如庞德公、庞统、司马徽、黄承彦、崔州平、徐庶、石广元、孟公威等人,从他们的言行中获得了不少教益。即使后来担任了丞相,他对待属下也像对待朋友一样,虚心征求意见。他待人有始有终,从而取得了别人的信任。

　　本文载于《太平御览》卷四百六,引自《要览》。

　　"论"是发表意见、说明道理的一种文体。

　　势利之交, 难以经远。 士之相知①**, 温不增华**②**, 寒不改叶, 能四时而不衰**③**, 历夷险而益固。**

---

①士:此处指士人,即读书人。　②华:同"花"。　③四时:此处指春、夏、秋、冬。

翻译

  从权势、财利出发的结交，很难历时长久。读书人之间交往结成知心朋友，就像植物在天暖时不会多开些花，在天冷时不会枝叶凋零，这种友谊历经春、夏、秋、冬都不衰败，在经过安危的考验之后更加巩固。

论黄忠

汉献帝建安二十四年(219),黄忠在定军山(今陕西省勉县东南)击杀曹操部将夏侯渊,取得了重大的军事胜利,占有了汉中地区。这年,刘备自立为汉中王,想任命黄忠为后将军,诸葛亮对此提出不同意见。

当刘备派前部司马费诗去荆州宣布关羽为前将军时,关羽得知黄忠为后将军,勃然大怒说:"大丈夫终不与老兵同列!"其后果正如诸葛亮所料。幸得费诗多方劝解,关羽才接受任命。

本文载于陈寿《三国志·蜀志·黄忠传》。

忠之名望^①,素非关、马之伦也^②,而今便令同列。马、张在近^③,亲见其功,尚可喻指;关遥闻之,恐必不悦,得毋不可乎!

---

①忠:即黄忠(? —220),字汉升,南阳郡人,原为荆州牧刘表的中郎将,驻守长沙郡攸县(在今湖南省)。曹操占领荆州,任命他代理裨将军。后归顺刘备,攻取益州时经常冲锋陷阵,任讨虏将军。在汉中击杀曹操部将夏侯渊,升为征西将军。刘备自立为汉中王,任后

将军,封关内侯。　②关:即关羽。马:即马超。　③张:即张飞。

翻译

黄忠的名位声望,向来不和关羽、马超相等,现在您使他们地位一样。马超、张飞在近处,亲眼看见他的功绩,还可以解释清楚;关羽在远处得知,料想一定不高兴,这样做也许不可以吧!

论斩马谡

蜀汉后主建兴六年(228),诸葛亮出师伐魏,派参军马谡为先锋。马谡违背节度,措施不当,又不听裨将军王平规劝,在街亭(今甘肃省庄浪县东南)被魏将张郃击败,受到军法制裁,被捕入狱死亡。据晋朝习凿齿《襄阳记》说,事后蒋琬去汉中会见诸葛亮,提出:"天下未定而戮智计之士,岂不惜乎!"诸葛亮流着眼泪对此作了论述。

本文载于陈寿《三国志·蜀志·马谡传》裴松之注文,引自晋朝习凿齿《襄阳记》。

孙、吴所以能制胜于天下者①,用法明也。 是以扬干乱法,魏绛戮其仆②。 四海分裂,兵交方始,若复废法,何用讨贼邪!

①孙、吴:《三国志》(中华书局 1959 年版)、《三国志集解》(中华书局 1982 年版)均作"孙武"。孙武,字长卿,春秋时代齐国人。被吴王阖(hé)闾任为将军,攻破楚国。著有《孙子兵法》,是我国最早最杰出的兵书。吴:即吴起。 ②魏绛(jiàng):即魏庄子,春秋时代晋国大夫。周灵王二年(前 570),晋悼公打算会合诸侯在曲梁(今山西省沁

县北)检阅军队,悼公之弟扬干扰乱军队行列,执掌军法的中军司马魏绛铁面无私,杀了扬干的驾车人,以示惩罚。起初晋悼公大怒,要杀魏绛,但随即认识到执法的重要性,提升魏绛为新军副帅。

翻译

孙武、吴起所以能够天下无敌,是由于执法严明。所以扬干违犯军法,魏绛杀了他的仆人。现在天下分裂,北伐战争刚开始,如果废除法纪,靠什么去讨伐敌人呢!

称

又称蒋琬

　　蒋琬跟随刘备入蜀，被任为广都（在今四川省成都市）长。刘备外出游览，突然来到广都，当时蒋琬酩酊大醉，不理政事。刘备大怒，打算处以死刑。这时诸葛亮从旁劝说，刘备才不加罪，只予以撤职。由于蒋琬才具不凡，以后受到重用。由此可见，仅因微小过失而诛杀一位尚未充分显露才能的人，实属错误。诸葛亮能从大处着眼，量才任人，是其可贵之处。

　　本文载于陈寿《三国志·蜀志·蒋琬传》。因诸葛亮曾称赞蒋琬："公琰托志忠雅，当与吾共赞王业者也。"故本文题为《又称蒋琬》。

　　"称"是赞扬的意思。

　　蒋琬，社稷之器①，非百里之才也②。 其为政以安民为本，不以修饰为先，愿主公重加察之③。

①社稷：古代称土地神为社，谷神为稷。土地和五谷是人们赖以生存之物，所以皇帝和诸侯每年都要拜祀，后来成为国家的代名词。
②百里：古代公、侯所封之地为一百里，后来一县所管辖的地区约一

百里。当时蒋琬任广都县长,所以称为"百里"。　③重加察之:再加以考察。刘备因蒋琬酒醉废事而打算将其处以死刑,所以诸葛亮这样劝说。

翻译

　　蒋琬,是治理国家的大器,并非只是治理一县的人才。他施政以安定百姓为根本,不着眼于表面功夫,希望主公对他再加以考察。

诗

梁甫吟

　　据陈寿《三国志》记载:"亮躬耕陇亩,好为《梁父(甫)吟》。"梁甫是山东省泰山附近一座小山之名。关于《梁甫吟》的主题思想,前人有各种解释。宋朝姚宽《西溪丛语》认为诸葛亮喜欢歌唱它,是感慨事业的艰辛。但有人认为这诗是诸葛亮称赞晏子的智谋,也有人认为是他反对晏子进谗害士的行为。

　　陈寿没有明确记载《梁甫吟》作者为谁,但现传各种版本的《诸葛亮集》,都把《梁甫吟》当成诸葛亮所作,不少人对此提出异议。唐朝欧阳询等辑《艺文类聚》说:"《梁甫吟》本古歌谣,诸葛吟之遣兴耳。"清朝沈德潜《古诗源》注:"武侯好为《梁父》,非必但指此章,或篇帙散落,唯此流传耳。"因它流传较广,仍予译注。

　　此诗载于唐朝欧阳询等辑《艺文类聚》卷十九。

　　"吟"是古代诗体的一种,不拘平仄、对仗,可长可短,用词浅显明白。

步出齐城门①，遥望荡阴里②。
里中有三坟，累累正相似。
问是谁家冢？田疆古冶子③。

力能排南山， 文能绝地理④。

一朝被谗言， 二桃杀三士⑤。

谁能为此谋？ 国相齐晏子⑥。

---

①齐城门：齐国都城营丘（后称临淄，今山东省淄博市东北）的城门。
②荡阴里：小地名，都城外埋葬死人之处。 ③田疆：即田开疆，春秋时代齐景公的勇士。古冶子：春秋时代人。传说齐景公渡河，有大鼋(yuán)咬住齐景公的马，接着拖到河里，古冶子潜入河水中，逆流百步，顺流九里，杀鼋救马。 ④文：一作"又"。理：一作"纪"。
⑤杀三士：据《晏子·谏下》记载，公孙接、田开疆、古冶子非常勇敢。晏婴对齐景公说："这三位是危害国家的人物，应该消灭掉。"他建议齐景公送两个桃子给这三位勇士，并言明功劳大的可以吃桃。公孙接首先拿了桃子，随后田开疆也拿了。古冶子认为自己也可以吃桃，于是拔剑而起。公孙接、田开疆说："我们的勇敢比不上你，功劳比不上你，现在吃桃而不谦让，是贪；有贪念而不死去，是无勇。"于是都退回桃子而自杀。古冶子说："这两人都死了，我独自活着，不仁；夸耀自己，不义；我憎恨自己的行为而不死去，无勇。"于是也自杀了。 ⑥国相：一作"相国"，相当于以后的宰相。晏子：即晏婴（？—前500），字平仲，春秋时代夷维（今山东省高密市）人，齐灵公二十六年（前556），其父晏弱去世后，继任齐卿，历仕灵公、庄公、景公三世。今传《晏子春秋》，是战国时代人搜集有关他的言行编辑而成。

翻译

　　我漫步走出齐国都城的城门，
　　举目遥望那荒凉冷落的荡阴里。
　　那里有三座坟墓相连，
　　累累坟丘如此相似！
　　我打听这是谁家的坟墓，
　　据说田疆和古冶子是墓主——
　　他们的气力可以推倒南山，
　　还能折断悬系着大地的绳柱。
　　终于有一天他们遭疑祸起，
　　两个鲜桃居然使三位勇士同死。
　　是谁能想出这样的计谋？
　　便是那齐国的国相晏子。

中华文史名著精选精译精注（全民阅读版）
已出书目

书　名	导读人	审阅人
贾谊集	徐超、王洲明	安平秋
司马相如集	费振刚、仇仲谦	安平秋
张衡集	张在义、张玉春、韩格平	刘仁清
三曹集	殷义祥	刘仁清
诸葛亮集	袁钟仁	董治安
阮籍集	倪其心	刘仁清
嵇康集	武秀成	倪其心
陶渊明集	谢先俊、王勋敏	平慧善
谢灵运鲍照集	刘心明	周勋初
庾信集	许逸民	安平秋
陈子昂集	王岚	周勋初、倪其心
孟浩然集	邓安生、孙佩君	马樟根
王维集	邓安生等	倪其心
高适岑参集	谢楚发	黄永年
李白集	詹锳等	章培恒
杜甫集	倪其心、吴鸥	黄永年
元稹白居易集	吴大逵、马秀娟	宗福邦
刘禹锡集	梁守中	倪其心
韩愈集	黄永年	李国祥
柳宗元集	王松龄、杨立扬	周勋初
李贺集	冯浩菲、徐传武	刘仁清
杜牧集	吴鸥	黄永年

书 名	导读人	审阅人
李商隐集	陈永正	倪其心
欧阳修集	林冠群、周济夫	曾枣庄
曾巩集	祝尚书	曾枣庄
王安石集	马秀娟	刘烈茂、宗福邦
二程集	郭齐	曾枣庄
苏轼集	曾枣庄、曾弢	章培恒
黄庭坚集	朱安群等	倪其心
李清照集	平慧善	马樟根
陆游集	张永鑫、刘桂秋	黄葵
范成大杨万里集	朱德才、杨燕	董治安
朱熹集	黄珅	曾枣庄
辛弃疾集	杨忠	刘烈茂
文天祥集	邓碧清	曾枣庄
元好问集	郑力民	宗福邦
关汉卿集	黄仕忠	刘烈茂
萨都剌集	龙德寿	曾枣庄
王阳明集	吴格	章培恒
徐渭集	傅杰	许嘉璐、刘仁清
李贽集	陈蔚松、顾志华	李国祥、曾枣庄
公安三袁集	任巧珍	董治安
吴伟业集	黄永年、马雪芹	安平秋
黄宗羲集	平慧善、卢敦基	马樟根
顾炎武集	李永祜、郭成韬	刘烈茂
王士禛集	王小舒、陈广澧	黄永年
方苞姚鼐集	杨荣祥	安平秋
袁枚集	李灵年、李泽平	倪其心
龚自珍集	朱邦蔚、关道雄	周勋初